書下ろし

月夜行

風の市兵衛④

辻堂 魁

祥伝社文庫

目次

北
東
西
南
諏訪坂
赤坂御門
片岡家
半蔵御門
江戸城
口入れ屋
「宰領屋」(三河町)
神田川
小料理屋
「薄墨」(鎌倉河岸)
北町奉行所
八丁堀
柳橋
蔵前
浅草寺
雷門
隅田川
喜楽亭
深川

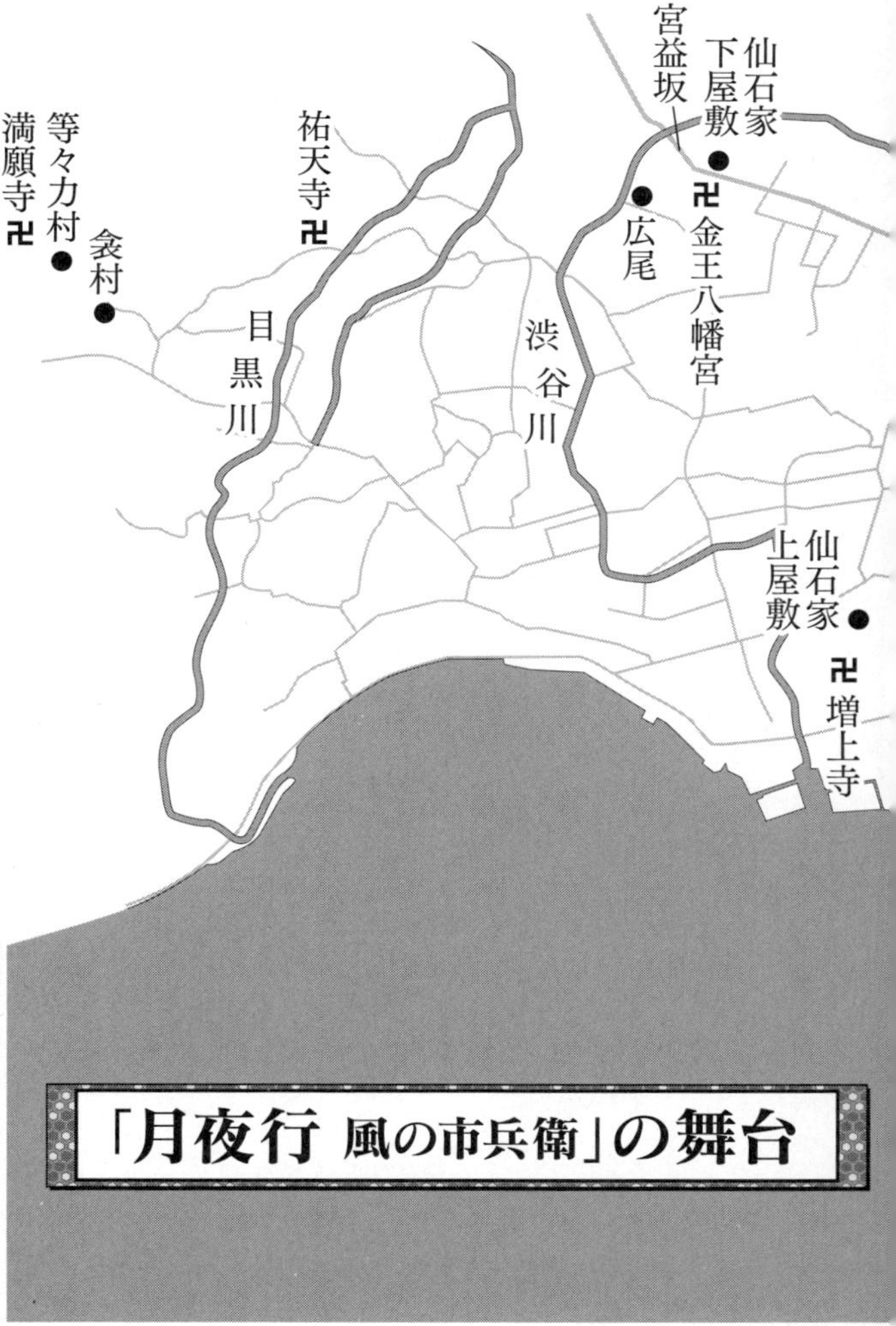

「月夜行 風の市兵衛」の舞台

序章　日の果て

一

東西に延びた六本木《ろっぽんぎ》通りは、はや黄昏《たそが》れていた。

その行列は神谷町《かみやちょう》の上屋敷から宮益坂《みやますざか》にある下屋敷へ戻る途中の、但馬出石藩仙石《たじまいずしはんせんごく》家要人の御駕籠《おかご》と思《おぼ》しき乗物と、乗物に従う家士ら十人の一行であった。

一行の中心の乗物は黒漆《くろうるし》に鋲《びょう》打ちの紅網代《べにあじろ》で、藩の黒看板（法被《はっぴ》）をまとった陸尺《ろくしゃく》が膝を軽く折って乗物をゆらさぬように夕暮れの道を微行《びこう》していた。

江戸勤番御小姓組頭浅野慶一郎《あさのけいいちろう》は、提灯《ちょうちん》を掲げて先導する徒士《かち》の後に続いていた。

乗物の両側に継裃《つぎがみしも》の添番がつき、後ろから表使いの女中が二人、挟箱《はさみばこ》持ちと草履《ぞうり》取りの中間《ちゅうげん》が二人、随行していた。

通りの両側は大名の下屋敷や中屋敷、旗本屋敷、組屋敷が塀を連ね、その塀の隙間を埋めるように狭い町地に軒《のき》を並べる表店《おもてだな》が、青山《あおやま》家下屋敷地まで散在している。町家はどこもすでに戸を立て、武家屋敷の練塀《ねりべい》や土塀より高く枝葉を繁らす樹木が人通りの途絶えた道を薄暗がりに閉じこめていた。

乗物のかすかな軋《きし》みと行列の深々とした足音に交じり、烏《からす》の物寂《さび》しい鳴き声が残光に染まった千切れ雲のどこかに聞こえた。

行列は飯倉片町《いいぐらかたまち》から南方の長坂、鳥居《とりい》坂への辻、大久保《おおくぼ》家下屋敷の門前をすぎ、北《きた》日《ひ》ヶ窪《くぼ》町の町家を抜けて、六本木町と道を挟んで内藤《ないとう》家中屋敷の土塀が延びるあたりに差しかかった。

どの屋敷の表門も、固く閉じられている。

ほどなく芋洗《いもあらい》坂へ折れる辻に出て、二町（約二百二十メートル）ほど先にある大御番組組屋敷の木戸前の組合辻番が見えてくるはずだが、あたりは徒士のかざす提灯の明かりが行列の歩調に揃えてゆれているばかりだった。

紅網代の主、安寿姫《あんじゆひめ》と御正室徳《とく》の方との面談が思っていたより延引した。

慶一郎は、宮益坂への戻りがこの刻限まで遅れたことにわずかな不安を覚えていた。

上屋敷に不穏《ふおん》な気配があったわけではないが、江戸家老大泉義正《おおいずみよしまさ》さまと徳の方の言動や動向に目配りせよ、との父久右衛門《きゅうえもん》の言い付けが脳裡にくすぶっていた。

慶一郎は紅網代の乗物へ若やいだ視線を向けた。

姫さまは徳の方とどんな話をされたのだろうか——慶一郎はそぞろに考えた。

そして考えつつ眼差《まなざ》しを前方へ戻した、そのときだった。

「うん？」

と、慶一郎は声をもらした。

芋洗坂の辻から数個の白い影が走り出てきたのだ。

うかつにも慶一郎は一瞬、地を舐めるように疾駆《しっく》する白い野犬の群れかと思った。

だが、犬の影が身体をふわりともたげ、白い狩衣《かりぎぬ》が見えた瞬間、戦慄《せんりつ》が慶一郎の全身を貫いた。

みな檜笠《ひのきがさ》を目深にかぶり、手には神刀のような仕こみをかざして、祈禱《きとう》に似たうなり声を立ててまっしぐらに行列へ突進してくるのが見えた。

「狼藉者《ろうぜきもの》」

先導の徒士が夕闇の空に叫んで提灯を捨てた。

同時に背後で表女中らの悲鳴があがった。

振りかえると、道の後方からも白装束の群れが突進してくる。
「姫の側《そば》を離れるな」
慶一郎は二人の添番に命じ、抜刀しながら影へ走った。
身体がひとりでに動いていた。
徒士が刀を抜きざま、突撃を計る先頭の一撃をがつんと受け止めた。
だが賊の打ちこみに堪え切れず、徒士は土塀へはじき飛ばされた。
慶一郎は大きく踏みこんで、賊を上段から袈裟《けさ》に斬り落とした。
斬られた賊が奇声を発して仰《の》け反《ぞ》った。
かえす刀で右から打ちこむもうひとりの一撃を、鋼《はがね》の音《ね》も高らかにはねあげた。
後ろで草履取りと挟箱持ち、陸尺がわあわあと叫び、女中の悲鳴が錯綜《さくそう》した。
賊は前に七人、後ろに六人だった。
慶一郎は身体を翻《ひるがえ》し、乗物へ走るひとりの肩へ一撃を浴びせた。
ぎゃっ、とひと声喚《わめ》いた賊はそのまま町家へ突っこみ、板戸を打ち砕いた。
走る慶一郎の、前、後ろ、横から三人が同時に斬りかかってきた。
「姫を守れ、姫をっ」
三人と斬り結びながら叫んでいた。

鋼と鋼が打ち合い、激しく鳴った。

乗物の両脇の添番が、多勢を相手に必死で防いでいた。

だが、二人とも早くも手傷を負い衣服が血に染まっていた。

表女中も懐剣《かいけん》を構え、乗物の側で金切り声をあげている。

慶一郎はひとりの一撃を斬りかえしたところを、後ろから肩に刃を浅く受けた。

よろけた身体をかえしながら、二の太刀を振るう背後の賊の胴を薙《な》いだ。

賊は呻《うめ》き、身体を折り畳んでたたらを踏む。

だが、残りの二人が執拗《しつよう》に襲いかかる。

左をかろうじてかわし、右からの打ちこみを、かあんとはねあげた。

賊が仰け反った一瞬の隙を突いて乗物へ走った。

賊は次々と打ちこんでくる。

慶一郎も二人の添番も、乗物を背に多数の賊に取り囲まれ、遮二無二《しやにむに》刀を振り廻すばかりだった。と、添番のひとりがきりきりと舞いながら倒れていく。

身を斬り刻まれても姫を守らねば……慶一郎の思いにはそれしかなかった。

そのとき、騒ぎを聞き付けた辻番の番士らがようやく駆けてきた。

助かった、と慶一郎は思った。

賊のひとりが喚いた。

「これまでだ。引きあげるべし」

狩衣に檜笠の白い集団は寸時もためらわなかった。

賊が夕闇の彼方へざざ……と退いていくと、通りに捨てられた提灯がそこここで燃え、何事もなかったかのような静寂に包まれた。

倒れた者のかすかな最期の呻き声だけがか細く流れ、鳥の鳴き声が聞こえた。

慶一郎は興奮の冷めぬ荒い息をついた。

賊を追う気力は残っていなかった。

震えが止まらず、やっと刀をさげて構えを解いた。みなが乗物の周りにばったりと座りこんだ。誰もが呆然とし、肩をゆらしている。

そこへ中間と陸尺がおずおずと戻ってきた。町家からも人影が現れた。

「姫さま、ご無事ですか。姫さまっ」

慶一郎は片膝《ひざ》を突いて、紅網代の引き戸を開けた。

懐剣を胸元に握り締めた安寿姫が、美しく澄んだ目で慶一郎を睨《にら》んだ。

夜の帳《とばり》のおりた六本木通り、北町奉行所定町廻り方同心渋井鬼三次《しぶいきさじ》は、土塀際に並んだ三つの亡骸《なきがら》を順々に検視していた。

渋井が見廻りに現れると闇の鬼さえ顔をしかめると、裏街道の地廻りらが呼び始め、盛り場の顔利きやその筋のいかがわしい誰かれの間にいつともなく広まった《鬼しぶ》と綽名《あだな》される渋面を、亡骸の傷口を舐めんばかりに這わせていた。

日焼けした顔に頬骨が目立ち、怪しいと睨んだら粘っこくなる疑り深そうな目と八文字眉の四十面に、中背の痩《や》せた背中をまるめ雪駄《せった》をちゃらちゃらと引きずる格好は鬼より景気が悪い、と顔利きらは渋井を忌み嫌う。

嫌われて結構、てめえらに用があるのは袖の下さ、と嘯《うそぶ》いてはばからない、渋井はそんな町方である。

傍《かたわ》らにはひょろりと背の高い助弥《すけや》がいて、渋井の検視を手伝っていた。

助弥は渋井が廻り方に三十半ばで就いてから、ずっと渋井の手先を務めている。

夕暮れの襲撃から、半刻（約一時間）と少々がたっていた。

「見ろ助弥。三人とも一刀でくたばってやがるぜ」

渋井が血まみれの傷口を十手の先でたどった。

「結構な腕前でやすね」

亡骸の前にかがんだ渋井と助弥の周りを、芋洗坂下にある自身番の町役人らが取り囲み、提灯の明かりを照らしていた。

亡骸の二つは道に横臥《おうが》し、ひとつは道の反対側のあの板戸に身体半分を突っこんだまま息絶えていた、と町役人が言った。

「白い狩衣が不気味だ。旦那、何者でやしょう」

白い狩衣は黒ずんだ血に染まり、縁が割れた檜笠にも血飛沫《しぶき》が飛んでいた。

「ふむ。御師《おし》かも知れねえ」

「おし？　でやすか」

「伊勢《いせ》へ七たび熊野《くまの》へ三たび、と言ってな。諸国の檀家《だんか》を廻って守り札を配り、伊勢参りや熊野詣《もうで》を勧誘する祈禱師だ。これは伊勢皇大神宮の護符らしいな」

亡骸の脇にそれぞれの持っていた得物の白木《しらき》の鞘《さや》の仕込みと、血の付いた護符が並べてある。

「祈禱師がなんで、仕込みなんでやすか」

「それだ。そういう御師の中には、諸国の様子を隠密に探って金を稼ぐ輩《やから》もいるし、徒党を組んで物騒な仕事を請《う》け負う連中もいる」

助弥は、へえっという顔付きをひねった。

「つまり、仙石家のお姫さまの行列を襲う仕事が、こいつらと逃げた仲間にはあったってことさ」

「誰かが、仙石家のお姫さまの行列を襲わせるために、始末人の御師一味を雇ったってえことですかい」

「それ以外に、こいつらがお姫さまに何のご用があるってんだ」

「追剝ぎ目当てで、江戸の町中で武家の行列を襲う馬鹿はいやせんやね」

「そういうことだ。いくら六本木の田舎《いなか》でもな」

渋井は言い、自身番の役人らへ振り向いた。

「仙石家の侍は自身番にいるのかい」

「いえ。この先に大御番組の辻番がございまして、そちらで傷の手当てをなさっておられます」

町役人が応《こた》えた。

「お姫さまの駕籠は、下屋敷へ戻ったんだな」

「はい。宮益坂の藩邸から迎えのお侍さま方が見えられまして、四半刻前に……」

「ここら辺では以前からこういう風体の連中が、祈禱やら守り札を配ったりやらをしてたのか」

「門付《かどづ》け芸人はとき折り見かけますが、こうした風体の者らを見るのは初めてでございます。昼すぎに、これに似た拵《こしら》えの男らが数名、町内を御札らしきものを配って歩いているのを見た者がおります」

渋井は立ちあがり、暗い通りを西から東へ見渡した。

春の匂いが漂い、夜空に弦月《げんげつ》がかかっていた。

「賊はあっちへ姿を消したんだな」

「さようのようで」

そのとき助弥が、「あれ、この男」とひとつの亡骸の顔をのぞきこんだ。

「知っているのか」

「芝《しば》から三田《みた》あたりをうろついていた、地廻りの軍次《ぐんじ》という本人は遊び人を気取った野郎に間違いありやせん。あっしが青臭え餓鬼《がき》だったころ、仲間とたかりやら強請《ゆす》りをやってやがると、物騒な評判の立った破落戸《ごろつき》でやした」

「おめえが不良をやってたころの、顔見知りなんだな」

へえ、まあ……と助弥は痩せた肩をすぼめ、

「五、六年前、江戸を離れたという噂《うわさ》があって、顔を見なくなっていたんですっかり忘れておりやした。野郎、こんな一味に入ってやがったんですね」

と、渋井を見あげた。

「地廻りの軍次か。調べてみよう」

渋井は西の方の暗がりへ顔を向け、ぽつりと言った。

「町役人さん、死体の始末を頼むぜ」

「ただ今、亡骸を運ぶ荷車の手配をいたしております」

町役人が応えた。

この手の死体は無縁仏で葬られることもない。死体を運ぶ人足らが、江戸市中のどこかの死体捨て場に捨てるか埋めるのがせいぜいである。

「助弥、辻番へいく。仙石家の侍の話を、聞いておこう」

渋井は渋面を傾げ、通りの暗がりに丸めた背中をゆらした。

第一章　生業《なりわい》

一

二十日ほどがすぎ、夏が近付いていた。

午後、神田三河町《かんだみかわ》の請《う》け人宿《宰領屋《さいりよう》》の主人矢藤太《やとうた》は、接客と執務を兼ねた六畳間に座っている侍の若さが少々意外だった。

幾分尖《とが》った切れ長な目を、書棚に積んだ名簿帳や部屋の隅の柳行李《やなぎごうり》へ遊ばせていた顔付きは、白い頰に朱がほんのりと差し、家柄のいい若衆が大人振った拵《こしら》えを真似たようなあどけなさが隠しきれなかった。

月代《さかやき》が青々とし、黒の羽織袴は上等な仕立てだった。

若侍は、まいら戸を後ろ手で閉めた矢藤太へ丁寧《ていねい》に頭をさげた。

刀を後ろに置き、仕種《しぐさ》も躾《しつけ》がいき届いている。

矢藤太は若侍に対座し、畳に手を突いた。

「宰領屋の矢藤太でございます。わざわざのお運び、恐縮に存じます」

「改めまして、但馬出石藩仙石家江戸藩邸に勤番いたしております浅野慶一郎と申します。本日は仙石家年寄役浅野久右衛門の命により、宰領屋さんにおうかがいいたしました。何とぞ、よろしくお願いいたします」

「浅野？　久右衛門さまの、でございますか」

「はい。浅野久右衛門はわが父でございます」

なるほど。上士の倅《せがれ》である。確かに育ちのよさがうかがえた。

矢藤太がそれとなく眼差《まなざ》しをそそぐと、慶一郎は気恥ずかしげに目を伏せた。

「早速《さっそく》ですが、うちの者がうかがいましたご依頼に少々不明な点がございます。今一度、ご依頼の正味を確かめさせていただきます。うかがっておりますのは、ひとかどの方をお探し、ということでございましたね」

「さようです。そのような方をお願いいたしたいのです」

慶一郎はまた頭を小さく垂れた。

「そのひとかど、とはどういう意味でございましょう。氏素性《うじすじょう》のよろしい方、学問のおできになる方、人の上に立つ器量のある方、侍、町人、ひとかどと申しましても人それぞれのお考えがございます」

「どのような務めであれ、己《おのれ》の果たすべき役目を曇りなく果たす心構えをお持ちの方、己の節操に忠実な方、というほどの意向です」

というほどの？　この若侍は本気で言っているのか。

それとも、育ちはいいが頭が悪いのか。

「わたしどもは主に駿河台《するがだい》や番町《ばんちょう》のお武家さまのご用を承《うけたまわ》っておりますが、ほとんどが半季一季雇いの下男下女奉公でございます。中にはわずかではございますが剣なり学問なりがおできになるご浪人の方もおられ、お仕事をお探しです」

ただし――と矢藤太は言いながら、慶一郎をからかいたくなった。

「浅野さまの仰《おつしや》います、ひとかど、とは、長い交わり、ともに何事かを成すことによって初めて知ることでございます。勇は勇を知り、知は知を知り、ひとかどはひとかどを知る、ではございませんか」

店の方では、使用人や小僧が客を迎える声がしている。

出替《でがわり》季《き》の三月初めはとうにすぎたが、夏前のこの時期、請け人宿はまだ忙しい。

「無理な望みとは、承知しております。父にも反対はしたのですが……」

慶一郎は生真面目そうに眉間《みけん》を曇らせた。

その曇った表情すら清々《すがすが》しいのは、若さゆえか。

「宰領屋さんならそういう方をご紹介いただけるかもしれぬ、と人伝《ひとづて》にうかがいましたもので」

矢藤太は頰から顎《あご》にかけて、少し棘《とげ》のあるやさぐれた細面《ほそおもて》をゆるませた。

「ということは、請け人宿を幾《いく》つか廻られたのでございますね」

「はい。それなら宰領屋さんへいけばいいと、みなさん、仰っておられました」

矢藤太は呆《あき》れた。

世間知らずにもほどがある。曇りなく、忠実な、などとは埒《らち》もない。絵草紙の話じゃあるまいし、そんな人物がいるのか。だいたい、あんたはどうなんだい。

だがふと、矢藤太は思い当たった。

ああ、市兵衛《いちべえ》さんがいるか――そう思い当たると、矢藤太は慶一郎の世間知らず振りがちょっと癪《しゃく》に障《さわ》った。

「もしご紹介できたとして、どのようなお務めで」

「申しわけございません。それはわが家中の内々のことでありますので、その方にのみお伝えし、そのうえで務めていただけるかどうかご判断を願いたいのです」

慶一郎は頭を低くした。

言えないだと。冗談じゃない。うちの市兵衛さんにそんなひとかどだ何だと、得体の知れない仕事を紹介できるかい、と矢藤太は口をすぼめた。

「ただ、手当ては務めるに当たって十五両、務めを果たしていただいた後に十五両、用意させていただきます」

合わせて三十両。矢藤太のすぼめた口元が思わずゆるんだ。

矢藤太は、難しいなあ、という顔を取りつくろい、細銀杏《ほそいちょう》を小指の先でかいた。

「小藩ゆえ財政乏しくわずかではございますが、やはりそれでは少なすぎますか」

「務めの正味との、兼ね合いですからね」

と、わざと間を持たせた。

「人柄のいいお侍さんなら、ひとりいらっしゃいますがね。剣より算盤《そろばん》が得意というちょっと変わったご浪人さんです」

「算盤、ですか。算盤はこのたびの務めでは……」

「いや、剣の腕も相当な方ですよ。人の噂《うわさ》では風の剣を使うとか」

「風の剣？　中村《なかむら》座の芝居に出てくる剣豪みたいな方ですね」

慶一郎は、からかわれていると思ったのか、眉間をまた清々しく曇らせた。

生暖かいそよ風が、百人町《ひやくにん》の通りに夏の近付く気配を運んでいた。

その風にふわふわと乗って、侍が通りをのどかに歩んでいる。

鼠《ねずみ》地の単衣《ひとえ》の羽織の袖や、黒地に白い細縞の綿袴の裾をひらひらとなびかせ、それはまるでそよ風が、侍の一文字髷《まげ》を結った総髪と五尺七寸（約百七十三センチ）あまりの上背の逞《たくま》しくもない痩軀《そうく》に戯《たわむ》れかかっているかのようだった。

腰におびた黒鞘の二本も、侍ののどかさとは不釣合いに重たげである。

着古し洗い晒《ざら》してはいるけれど、火熨斗《ひのし》をかけた衣服に、白足袋《たび》と新調の麻裏草履の装いには、貧乏侍が精一杯拵えた純朴さが垣間見えた。

幾ぶん血の気の薄い頰のこけた白皙《はくせき》に奥二重の目付きは鋭いが、さがり気味の眉がそれをなだめている。

鼻梁《びりよう》がやや高めの通った鼻筋やきゅっとひと筋に結んだ唇の線が、内奥に仕舞いこんだ一徹さをうかがわせ、侍の風貌に不思議な印象を刻んでいた。

通りの両側は、組屋敷がどこまでも続いている。

「はさみほうちょぅぅかみそりっ、はさみほうちょぅぅかみそりっ……」

背中に箱を背負った砥屋《とぎや》が、調子のいい声をあげながら通りすぎた。

野良犬が通りをうろついている。

やがて組屋敷の板壁が終わり、大名屋敷の海鼠壁《なまこ》が連なるあたりまでくると、通りの先が宮益坂で途切れた彼方に、道玄坂《どうげん》の杜《もり》と晴々とした武蔵野《むさしの》の青空が広がっているのが見えた。

唐木《からき》市兵衛は、海鼠壁の連なりに続く但馬出石藩仙石家下屋敷の練塀《ねりべい》を左に見た。椎《しい》の巨木が塀の上に繁っていた。

ほどなく、両脇に出格子のある長屋門の前に立った。

門の屋根瓦に繁る樹木の影が落ちていた。

五万八千石の小藩とはいえ、大名屋敷を訪ねるのは、京の公家の青侍だった二十代のころにさる大名に招かれた主《あるじ》の供をしたとき以来である。

「お頼み申す」

市兵衛は門扉片側の潜戸《くぐりど》を叩いた。

脇の出格子窓に、門番がおもむろに顔を見せた。

「どうれ」

門番が問いかけた。市兵衛は膝《ひざ》に手を付け深々と頭を垂れた。

「わたくし、唐木市兵衛と申します。ご当家御年寄役浅野久右衛門さまにお目通りを願いたく、本日、まかり越しました。何とぞお取り次を、お願い申しあげます」

門番は格子の間から、用心深げに市兵衛の様子をうかがっていた。

市兵衛が通されたのは、閑散とした邸内の一画に建つ別棟の道場だった。

案内に立った郎党が、

「暫時、こちらにてお待ちください」

と言い残してさがると、人の気配がかき消えるみたいに静まりかえった。

ちぃい、ちぃい……と片側を開け放した庭の樹林で、めじろが鳴いていた。

そよ風が庭の濡《ぬ》れ縁を越えて、心地よく吹いてくる。

市兵衛は扁額《へんがく》のかけられた正面に向かって、表入り口を背に端座していた。

扁額には《新義報恩》と記されている。

いい道場だ、と感じられた。

渡りの奉公の談合なのだから、よそよそしい客座敷である必要はなかったし、茶さえ出ないのも苦にならなかった。

この方が胸襟を開きやすい、と市兵衛は寛《くつろ》いだ気分だった。

その寛いだ気分を、入り口に佇《たたず》んだらしい人の気配がわずかに破った。

背後から市兵衛の様子をうかがっている。

けれども、脅威を覚える気配ではなかった。

裸足の足音が道場にあがり、板を静かに踏んだ。

市兵衛は正面へ向いたまま、背後の足音に頭を垂れた。

少年のような幼さの残る侍が、ひらりと市兵衛の前に立った。

若侍の涼しげな顔付きが、険しく曇っていた。

稽古着の紺の細袴の両脇に、一本ずつ木刀を握って腕を垂らしている。

「唐木市兵衛さん、ですね。浅野どのにどのようなご用件ですか」

若侍は名乗りも着座もせず、刺々《とげとげ》しく言った。

「神田三河町にて請け人宿を営《いとな》みます宰領屋の斡旋《あっせん》により、当お屋敷にお雇いいただく件にて、浅野久右衛門さまをお訪ねいたしました」

「ああ、聞いています。浅野どのがご自分で渡りの下士をお雇いになるとか、言っておられました。そうそう、風の剣なるものを使うと言って売りこんでいる浪人がいると、酒の席で笑っておられましたな。唐木さんのことですか」

「宰領屋さんが申したかもしれませんが、それは間違いです。風の剣を使うなどと、売りこみはいたしておりません」

困ったな。市兵衛は思った。

に、と微笑《ほほえ》んだ。

こういうときは、相手の刺々しさを抑えるためにも笑顔を見せるに限る。

「では、どのように売りこまれたのですか」

「わたくしは若きころ、上方《かみがた》の商家に数年寄寓《きぐう》し、商いの営みと算勘《さんかん》を学びました。算盤ができますゆえ、主に武家の台所の賄《まかな》い勘定《かんじょう》勤めで年季半季の奉公をいたしております。宰領屋さんには、算盤の技能を生かせる奉公先を頼んでおりました」

「おかしいな。わが仙石家も小藩とはいえ大名ですから、勘定方には算盤くらいできる藩士はいくらでもおりますよ。わざわざ商人の真似事をする算盤侍など雇う必要はないはずですが」

若侍は、唇を歪《ゆが》め嘲笑《ちょうしょう》を浮かべた。

「さようですか。何かいき違いがあったようです。失礼いたしました。出直してまいります」

市兵衛は磨かれた道場の板敷に手を突いた。

「お待ちなさい。浅野どのが何か考えがあって奉公人を探しておられるのでしょうから、わたしが勝手にお引き取りいただくわけにもいきません。ただ浅野どのは藩のご重役です。責任あるお立場上、ご自分の考えであっても当家にかかわりが当然あるはずです。ですから、今少し、唐木さんのお人柄をうかがいたい」

若侍は、名乗りもせず尚《なお》も続けた。

「風の剣を使うとは、どういう剣を指しておられるのですか」

「風の剣を使うと申してはおりません。立ち合いの場で風のように振る舞えれば負けはせぬと、若いころ考えたことがあります。宰領屋さんに戯《たわむ》れにそう申したことを売り言葉に使われたのです」

市兵衛は少しはにかんだ。

「饅頭《まんじゅう》を売るのも奉公人を斡旋するのも、売り手と買い手があって成り立つ同じ商いです。饅頭屋が、うまい饅頭、と客に売りこむのと同じ売り言葉で風の剣と申したのでしょう。以後、まぎらわしい売り言葉は使わぬように伝えておきます」

「風のように、とはどういう振る舞いですか」

「心得、と言ったほどのものです。激しく強く斬れば斬るほど激しく強い風に打たれます。しかも風は斬っても斬れず、ゆえに己が風とともに動けば、風に打たれぬし斬られもせぬと、そんな夢のような剣を極めようと修行をいたしました」

ふふん……と若侍が殊更に嘲笑をにじませた。

「確かに、おかしいですね。わたくしも夢は所詮儚《はかな》い夢と己の愚《おろ》かさに気が付き、剣の修行は断ちました」

「修行はどちらの道場でなさったのですか」

「十三の年に上方へのぼり、南都興福寺《なんとこうふくじ》で十八まですごしました。僧兵の時代ではありませんが、僧侶たちの中には、仏法の学びのひとつとして剣の技を磨いている者もおります。剣の修行の空虚さに気付いた後、世の実に触れたいと考え、大坂に出て商いと、それから稲作、酒造りを学びました」

その後京の公家に仕え、さらに数年にわたって諸国を廻った日々を語った。

「侍が剣の修行を捨てて商いやら米作りやら、公家の青侍に諸国漫遊と、埒もありませんな」

若侍は尊大に市兵衛を見おろしていた。

と、木刀の一本を、からん、と市兵衛の膝の前に投げた。

「どうです、唐木さん。その風の剣を、一手ご指南いただけませんか。先ほども申した通り、算盤のできる者は勘定方にも賄い方にもいくらでもおります。算盤でなければ武芸、あるいは学問、でなければほかに何か芸がありますか」

「いえ。しかし立ち合いは、困ります」

市兵衛は木刀を横にして若侍の方へ、静かに戻した。

「困ることはないでしょう。わざわざ外に奉公人を求めるのは、おそらくそれなりの必要があるからです。唐木さんが何を以て当家に奉公なさろうとしているのかがわからない。侍であれば、せめて剣ぐらい使えるところを見せていただかないと……」

市兵衛は応えなかった。

確かに高額な手当てである。外に人を求めなければならないほどわけありの務めだからこそ、高額な手当てなのだと覚悟はしていた。

けれども——と市兵衛は思った。

この若い侍は、名乗りもせず、自分に何を求めているのだろう。

腕の立つ者を求めているのであれば、そう言えば済むことだ。

腕が立つだけでは務まらない仕事なのか。それにこの仕事は、浅野久右衛門に雇われるのか、それとも仙石家に仕える務めなのか。

「さあ、どうぞ」

若侍が、いきなり木刀の切っ先を市兵衛の顔に突き付けた。

市兵衛は頭をかいた。

「せめて竹刀《しない》にしていただけませんか。木刀は怪我をする恐れがあります」

「何を言われる。風の剣を使うと豪語される士が臆《おく》されたか。何なら真剣で立ち合われても構いません。わたしは木刀でお相手いたす」
風の剣を使うなどとは言っておらん。いい加減にしろ。
市兵衛はしぶしぶ木刀を左に、刀を右につかみ、立ちあがった。
若侍が、つつつ……と間を開き、青眼《せいがん》に構えた。
市兵衛は若侍を見つめ、また微笑んだ。
壁の刀掛に刀をかけ、道場の中央にゆっくり戻った。
「では、一手、よろしくお願いいたします」
市兵衛は頭をさげた。
それからおよそ二間を置いて青眼に対した。
庭でめじろが、ちぃぃ、ちぃぃ、と鳴いていた。
若侍は涼しげな顔立ちをしている。二十歳をすぎたばかりだろう。
市兵衛は右足をすうっと引いて、青眼を八双《はっそう》に移した。
たあああ……若侍が高らかに叫んだ。
市兵衛は動かなかった。
だんっ、と慶一郎が大きく一歩踏み出した刹那《せつな》、奇妙な圧力を受けた。

圧力は、身体が後ろへはじき飛ばされそうな威圧に似ていた。

だが痛みや苦しさをともなう威圧ではない。

慶一郎は後ろに残した左足で浮きあがる身体を堪えた。

何もぶつかってはいなかった。耳元で木刀がうなり、風に吹かれただけだった。

風は見えない。

ただ不思議なことが起こっていた。

二間は間があったはずの唐木市兵衛の体軀が、わずか三尺ほどの眼前にあり、木刀が慶一郎の首筋にぴたりと押し付けられていたのだ。

えっ？

面食らったが、なぜそうなっているのかがわからない。

慶一郎は市兵衛が動いたところを見ていないのだ。

しかし考えている暇はなかった。衝撃をかろうじて堪えたところへ、次に首筋へ押し付けられた木刀から急激な重みが伝わってきた。

慶一郎はその急激な重みを堪えるために、今度は踏み出した右足で支えた。

倒れまいと堪えるのに精一杯で、木刀を払い、打ちこむ余裕などない。

重みがさらに加わり、慶一郎はうなった。

身体を前に押し出して重圧から逃れようと計った。

すると木刀は慶一郎の動きを読んだかのごとく、首筋を嚙《か》んで離さない。

杭《くい》を打ちこまれるような鈍い痛みが、ぐい、ぐい、と加わってきた。

慶一郎は身体をよじり、市兵衛を軸に、綱《つな》につながれた獣が従順に引き廻される格好になった。

あつつつ……

よろめきながら、市兵衛がおっとりと佇んでいるのが見えた。

それから堪え切れず、板敷へごろんと転がった。

立ちあがらねばと焦《あせ》ったが、足がもつれて今度は前へのめった。

身体が痺《しび》れている。なぜだ。ぞっとした。

「それまで。何とぞそれまで……」

庭の方で父久右衛門の声がした。

二

庭から現れたのは、はぜ色の小袖を着流し納戸《なんど》色の袖なし羽織を羽織った、四十半ばすぎと思われる小太りの侍だった。

ようやく起きあがった若侍とともに濡れ縁に手を突いて無礼を詫《わ》び、仙石家の年寄役を務める浅野久右衛門でござる、とまろやかな表情で名乗った。

「これなるは倅慶一郎でござる。ご無礼の段、重ねて平《ひら》に、平に……」

久右衛門は頭を垂れ恐縮した。

「わけあって唐木どのの人品骨柄を見定めさせていただくため、かような振る舞いに及びました次第。何ゆえ唐木どのにお越しいただいたか。何ゆえ当家下屋敷のこの道場なのか。わけをご説明いたす。どうか今一度、お座り願いたい」

市兵衛は静かな気持ちで久右衛門に小さく頷いた。

久右衛門はまだふらつく慶一郎に茶の用意を命じ、

「庭にて唐木どのの立ち合いを拝見させていただいた。見事、そんな言葉では言い表わせぬ凄《すさ》まじい技でござった」

おもむろに対座する市兵衛に、驚嘆《きようたん》の眼差しを向けていた。

「倅慶一郎は、未熟者ではありますが、剣の腕は京《きよう》流を修行し、国元では小天狗《こてんぐ》と言われているほどの者です。それが相手にならなかった。見事にあしらわれた。人にあのような技ができるのかと、信じられぬものを見た気がいたす」

「慶一郎さまの動きにはためらいがありました。わたしを試すお気持ちだけでしたから、心底に人を倒す強い一念が乏しかった。それが動きに差を生んだのです」

市兵衛が言い、久右衛門は、ふむふむ、と感心するように頷いた。

「南都興福寺で剣の修行をなされたのですか」

「はい。若きころは意味もなくただ強くなりたい、その存念だけで修行に励むことができました。ですがただ強くなるためだけの修行では限りがあることがわかり、修行を断ちました」

「そう、二十年ほど前でしたかな。京か奈良でか、風の剣、なるものを操る若き剣聖がいるという噂を聞いた記憶があります。真か嘘か、知りません。ただ、風の剣とは大袈裟《げさ》なと思っておりました。宰領屋の斡旋で唐木どのの話が出た際、倅より、風の剣を使われるとうかがい、二十年前を思い出しましてな」

久右衛門は庭へ、懐かしげに眼差しを遊ばせた。

「是非一度、お目にかかってみたいという気持ちが湧《わ》いたのです。唐木どのの技を拝見できたことだけでも、お越しいただいてよかった」

「風の剣などは所詮、埒もない戯《ざ》れ言です。興福寺の僧らが戯《たわむ》れに申していたのを、わたしも聞いたことがあります」

そこへ慶一郎が自ら茶を運んできて、市兵衛と久右衛門の膝の前に置いた。

そして父親の左後ろへ控えた。

すると久右衛門は、「それで……」と幾ぶん口調を改めた。

「唐木どのにお頼み申したいのは、当家のさるお方の警護役です」

と切り出した。

市兵衛は応えず、微笑みをかえした。

そのさるお方とは、仙石家の主筋に当たる血筋を引き、仙石家の将来を左右する極めて重要な立場にある人物だという。

二十日ほど前、その人物の行列が不逞《ふてい》の輩《やから》の襲撃を受けた。

その人物の命を狙った襲撃であることは、明らかだった。命を狙う者が家中にいる。容易ならざる事態だった。

「そのお方が何ゆえお命を狙われたのか、今は何とぞ事態の説明はお許し願いたい」

と、久右衛門は事情は語らなかった。

が、ともかく急遽《きゆうきよ》、その方をお匿《かくま》いする手段を講じなければならなかった。

「講じた結果、そのお方をある地にお移し申すことにいたした」

その地は家中の限られた者しか知らぬ、江戸の上下藩邸でも国元でもないある場所であり、そこならその方の無事が計られると、久右衛門らは考えた。

そうして、その方を家中にも隠密にお匿いした。

ところが十数日がたったある日、匿われ先より、その方の無事にいささか差し障《さわ》りが生じているゆえ警護役を寄越してもらいたい、という書状が届いた。

もっともな、と思われる障りが生じており、急遽、警護役を遣わす必要があった。

しかし、家中の者から選ぶのはその地が発覚する恐れがあった。

またお命が狙われるかもしれない。

協議の結果、信用の置ける藩外の士を警護役として隠密裡に雇う判断に至った。

ゆえに久右衛門らは、人として器量が備わり、しかも腕の立つ士を八方に手をつくして求めていたのである。

慶一郎が宰領屋よりたまたま「この人は折り紙付きですぜ」と紹介を受けた唐木市兵衛との面談の場を、下屋敷のこの道場に選んだのは、市兵衛の人物と腕を見定めるためであり、なおかつさるお方の警護役を雇ったことを家中に知られないためでもあった。

「ただこの役目、危険がないとは申せません。それをご承知のうえで、引き受けていただけるかどうか、唐木どののご決断にお任せいたす」

と、久右衛門は言った。

家中の者にも隠密とは、複雑なお家の事情が絡んでいることは明らかだった。

その方が、お家の事情のために危殆《きたい》な情況に陥《おちい》っている。

高額の手当ても、なるほど、と頷けた。

慶一郎が痛めた首を少し曲げて、いつしか市兵衛に涼しい眼差しをそそいでいた。

市兵衛は思わず慶一郎に笑いかけてしまった。

なぜか、慶一郎に好感を抱いていた。

市兵衛はにこやかなまま、久右衛門へゆっくり頷いた。

「お引き受け、いたします」

「よろしいのか？」

久右衛門は市兵衛の真意を読み取ろうとし、身を乗り出した。

無理もない。一介の渡りにお家の要人の警護をゆだねるのだ。

「渡りとは、己の技を必要とする雇い主に己の技を売る生業《なりわい》です。それは武家の主従の契《ちぎ》りではなく、物を売り買いする約束事、商いの契りに根ざしております。武家は身分が契りを請け合いますが、身分のない者の商いは、売り買いの約束事を必ず請け合う志《こころざし》がなければ商いが成り立たないのです」

と、市兵衛は言った。

「ご懸念には及びません。お雇いいただければ己の技をつくして、わが務め、約束事はお守りいたします」

久右衛門は膝を、はし、とひとつ叩いた。

「合点がいった。それでいい。見こんだ通りだ。そして、唐木どの、よろしくお願い申す」

と、頭を垂れた。

後ろの慶一郎も深々と一礼した。

「それでは、いつ、どちらへうかがえばよろしいのですか」

「一刻でも早く旅立っていただきたい。路銀と紹介状をお渡しいたす」

「旅立つ……その地は江戸ではないのですか」

「いや、さほど遠国ではござらん。荏原《えばら》郡等々力《とどろき》村に満願《まんがん》寺という寺がござる。ご公儀より寺領の寄進も受けておる由緒ある新義真言《しんぎしんごん》の寺でござる。そのお方は満願寺の智栄《ちえい》法師の庇護《ひご》の元におられます。智栄法師はわが師なのです」

「今のお話では、満願寺に供の方は付いておられないのですね」

「先ほども申しましたように、お命が狙われているとわかり、急遽わが師である智栄法師に庇護をお願いいたしたのです。これは家中にも隠密に計ったことであり、ですから、智栄法師の提言により、家中の供の者は付けず、これまでは寺の者が従っておりました」

寺内にひそんでいる限りは身に危害の及ぶ恐れはござらんのですが――と久右衛門はさらに声をひそめた。

「あのお方は気立てがご活発で、寺にじっとしておられない。ひとりでこっそり寺を抜け出し、村の子供らと親しんだりしておるらしいのです。それはまずい。せっかく満願寺に匿われておるのに、今に命を狙う者らに見つかってしまう。智栄法師も困れてお諫《いさ》めしたが聞きわけがない」

いささか障りが生じたとは、そういうことらしい。

何やら、子守のような役目である。

「そのお方は、お子なのですね」

「いや、お子ではござらん。御年はすでに十七歳になられ、背丈もわたしを抜いておりますが」

久右衛門は首を傾げた。

「で、智栄法師より、このご気性では万が一を考え信頼の置ける者を付けた方がよさそうだと知らせがまいったのです。しかしながら隠密のことゆえ家中からは選べず、それがしや倅だとすぐにばれてしまう。そこで相応《ふさわ》しいひとかどの士を……」

「わかりました。浅野さまとのつなぎ役はどなたが」

「それは、わたしが務めさせていただきます」

と慶一郎が力強く言い、市兵衛は頷いた。

「それでは支度が整い次第、等々力村へ向かいますゆえ、路銀と智栄法師への紹介状をいただきましょう」

「すぐにご用意いたす。ちなみに今ひとつ、姫さまは村人に不審に思われぬよう、出家を志し修行のため満願寺に寄寓しておるという口実で、武家の部屋住みの若衆姿に身を窶《やつ》しておられます」

と、久右衛門が言葉を継いだ。

「姫さま、今姫さまと仰いましたか」

「さよう。姫さまでござる。仙石直通《なおみち》さまのご息女安寿姫さまでござる。申しませんでしたか」

「父上、そのことは申されていませんよ」

慶一郎が後ろから小声で言った。

「うん？　そうであったか。健《すこ》やかでご器量の申し分のない美しい姫さまでござる。

ただご気性が男子に勝り、女性《にょしょう》らしさに少々欠ける。みなが手を焼かされております」

久右衛門は、くすっと声をこぼして人がよさそうに丸い肩をすくめた。

市兵衛は戸惑った。

さるお方とは仙石家の姫さまなのか。

姫さまだろうが若さまだろうが同じことだが――と市兵衛は思ったけれど。

三

その宵、番町にある旗本屋敷門前の暗い夜道に、鼠色の目立たぬ羽織袴に扮装《よそお》った隆《りゅう》とした体軀の侍が佇んだ。

侍は脇に風呂敷の包を抱え、旗本屋敷の長屋門へ足音を忍ばせた。

門脇の潜戸を静かに叩き、そして低く静かな声で門番に案内を乞《こ》うた。

年配の郎党が現れ、心得ているらしく侍に無言で一礼した。

侍は奥の座敷のひと部屋へ案内された。

「主《あるじ》の支度が整いますまで、しばしお待ちいただきます」

そう言って郎党は引きさがった。

侍は抱えてきた風呂敷包より黒ずくめの着物と袴、白足袋《たび》を出し、素早く着替えて白紐の襷《たすき》をかけた。

そのころ、屋敷の主は親戚家族揃っての夕餉《ゆうげ》を終え、支度にかかり始めたところだった。

四半刻後――

その奥座敷には、屏風《びょうぶ》が厳《おごそ》かに廻《めぐ》らされていた。

屏風は座敷の畳二枚より幾ぶん広い一画を、四周している。

屏風の中に白い布が敷き詰められ、用意された水桶を左右に燃える蠟燭《ろうそく》が照らしていた。

全身黒ずくめの袖を襷で絞り袴の股立《ももだ》ちを取った先ほどの侍が、腰に大小を帯び水桶の傍らに無言で佇んでいた。

ほどなく、白無垢《むく》の裃《かみしも》に正装した屋敷の主が郎党に導かれ屏風内に現れた。

主は侍に血走った目を向け、すぐにそらした。

そして屏風内の中心に、西面にて端座した。

侍は主の左斜め背後へ冷然と進んだ。

腰に帯びた差料は同田貫《どうたぬき》で、黒鞘が蠟燭の光を照りかえしていた。

郎党が、主の膝の前に切腹刀を載せた三方《さんぽう》を押し進めた。

郎党は介添役として、主の右方へ首を収めるための白木の箱を脇に置いて控えた。

介錯人は検視役がおらず、二人だけである。

主は左背後の侍をちらと見あげ、ささやきかけた。

「ご安心めされ。士分でござる」

侍は低く通る声で応えた。

主は一呼吸つき、長年仕えた郎党に頷いた。

それから裃の肩衣を払い、着物の胸と腹をしゅっしゅっと寛《くつろ》げた。

三方の刀を取り、三寸ほどの切っ先を残して白紙を巻いた。

だが主は、侍がすでに同田貫を抜き放っているのに気付いてはいなかった。

左の掌《てのひら》でたるんだ白い腹をゆっくり撫で廻した。

そのとき一匹の蛾《が》が、屏風の中にまぎれこみ、さわさわと舞った。

蛾の影が天井に映った。主は、迎えか、と一瞬見あげた。それから切っ先を左腹部にあてがった。もはや躊躇《ためら》いはなかった。

歯を食い縛り突き立てようとした瞬間、それは終わった。

声もなく、血飛沫《しぶき》も飛ばず、蛾の影だけが天井にゆれていた。
鼠色の目立たぬ羽織袴に直った侍は、郎党により別室に通された。
そこには酒肴《しゅこう》が整えてあり、鉄漿《おはぐろ》に眉を剃った奥方が普段の装いで控えていた。
奥方は畳に手を突き、膳に着いた侍へ頭を垂れていた。
郎党が三方に白紙の包を載せ侍に差し出した。刀の研代《とぎだい》である。
侍は包へ淡々と手を伸ばし、紙入を仕舞うように懐へすべらせた。
そして自ら銚子の酒を盃《さかずき》にそそぎひと息に呑み乾すと、すっと座を立った。
奥方も郎党も、頭をさげたまま言葉はなかった。
別所龍玄《べっしょりゅうげん》は神田《かんだ》お玉《たま》ヶ池稲荷《いけいなり》の東隣、小泉《こいずみ》町に、小さな庭のある一軒家を構えていた。
家に戻ったのは夜五ツ（午後八時）だった。
妻と十二歳になる倅が出迎えた。
「お戻りなされませ」
「父上、お帰りなさいませ」
ふむ、と別所は短く応え、居室にいき着物を替えた。

そしていつも通り手足を清め、台所の隣の部屋の膳に着いた。

十数年連れ添った妻が黙って給仕をするが、別所は必ずひとりで食事を摂《と》り、晩酌はたしなまなかった。酒を呑めないのではない。呑まないのである。

どんなに遅くなっても、夜食は家で摂った。

別所は番町の旗本屋敷で受け取った紙包を、妻の前に置いた。

妻が黙ってそれを押し戴くと、黙々と食事を始めた。

白紙の包は二分ほどの場合もあるが、大抵は数両が包まれている。

刀の研代に決まった額はない。

旗本御家人、あるいは大名に仕える武家が咎《とが》めを受けるほどの粗相《そそう》や罪を犯した際、支配頭から喚問を受ける。その呼び出し状には喚問の条項が内示してある。

喚問の条項が明らかであり申しわけが立たぬ事柄ならば、士は支配頭の喚問に応じないのが恒例であった。

自ら屠腹《とふく》するのである。

喚問に応じ、釈明できなければ罪名が付き、すると本人の咎めだけではなく家が断絶する場合がある。

家が潰れぬように本人が腹を切る。そして病死と届け出る。

本人が腹を切れば咎めは不問に付される段取りが恒例になっていた。

腹を切るときには介錯人、つまり首斬り役がいる。

戦国の息吹が残っていたころは、武家には首斬り役を務めるほどに腕の立つ者もいたが、長い太平の世が続いて首斬り役など務まる士は少なくなっていた。

それゆえ首斬り役を務める侍が求められた。

刀の研代が出た。

別所龍玄は、首斬り役を務めて研代を得る、首斬り龍玄とひそかに綽名《あだな》されている練達の士だった。諸侯や高禄の武家の持つ差料の試《ため》し物《もの》なども、別所は牢屋敷同心に礼金を渡して、二つ胴、四つ胴を試し、これは高額の研代を得た。

今ひとり、代々山田朝右衛門《やまだあさえもん》と名乗る試し物を生業《なりわい》とする浪人が世間では知られていたが、別所は山田よりも凄腕、と両者を知る牢屋敷の同心らは評した。

別所は冬の心を持った男だ。あいつがすぱっとやると血も凍《こご》えて出ない。

戯《たわむ》れにそう言う同心もいた。

別所龍玄の、それが生業だった。

夜五ツ半（午後九時）の刻限になって、奇特頭巾《きとくずきん》に顔を隠した侍が訪ねてきた。

神谷町の仙石家上屋敷に勤番する番方の家士山根有朋《やまねありとも》だった。

妻が山根を客座敷へ通したが、別所は眉ひとつ動かさず黙々と夜食を済ませ、それからゆっくりと茶を喫した。

こんな刻限に訪ねてくる山根の配慮のなさを、別所は不快に思っていた。

だが、己の心を表に出すことは決してなかった。

己の心を自在に操らねば、人斬りを生業にはできぬ。

客座敷の山根は別所に待たされた不快を、露骨に顔に出した。

卑《いや》しき人斬りの分際で……という目付きで、現れた別所を睨んだ。

客座敷と言っても、四畳半の粗末な部屋だった。立て付けの悪い腰障子には隙間ができ、濡れ縁の方から春の終わりの澱《よど》んだ夜気が流れてきた。

「わざわざのお越し、畏《おそ》れ入ります」

別所は慇懃《いんぎん》に頭《こうべ》を垂れた。

山根は顔をそむけ、長すぎる沈黙を置いた。それから、

「大泉さまからの、お指図だ」

とおもむろに言った。

「宮益坂の下屋敷に蟠踞《ばんきょ》しておる浅野ら一派を一掃せよ。蟠踞しておると言っても大した数ではない。ただ、浅野久右衛門と倅の慶一郎は目障《ざわ》りでならん。少なくともこ

の二人は必ず仕留めるのだ。この二人と安寿姫を亡き者にすれば、形勢は決する」

「浅野久右衛門とは、年寄役の浅野どのですな」

「そうだ。老いぼれが、藩政のご意見番などと若い者らに持ちあげられて、殿に直《じき》に讒言《ざんげん》などをする佞奸《ねいかん》だ。これ以上は捨ておけん」

「どのように」

「下屋敷は出入りする者をわが手の者が常に見張っている。安寿姫の隠れ家の手がかりを得るためにな。宮益町の御嶽《みたけ》神社脇の空家を手配してある。そこが根城だ。おぬしはそこに待機し、次の指示を待て。手の者らとともに動いてもらう」

「手の者、と申しますと」

「御師《おし》を装った仕事人らだ。いかがわしき連中だが、命知らずで腕は立つ。蟬丸《せみまる》という男が頭《かしら》だ。いつか引き合わせる」

山根は懐から白い紙包を出し、黄ばんだ畳の上にぞんざいに置いた。

包の中の数枚の小判が、かちゃ、と音を立てた。

「大泉さまからだ。いつも通り……」

「山根どの。わたしは徒党を組みません。どのような仕事であれ、必ずひとりで行ないます。人とともに行なわなければならぬ仕事であれば引き受けかねます。それは大泉さまにも申してあります。蟬丸なる者との引き合わせ、無用です」

山根は苦々しげに別所を見つめた。

「また、ご命令の仕事で、万が一罪を得た場合、一切の隠し事をいたしませんので、それもご承知おきいただく。よろしいな」

「ふん、埒もない。わかっている」

山根は吐き捨てた。

別所にはさらにひとつ、仕事があった。

仙石家江戸家老大泉義正に隠密に雇われ、大泉が家中の供をともなわず出かけるときは別所に警護が申し付けられる、あるいは、密命があればどのような相手であっても斬る、という仕事だった。

別所は何年か前より大泉から年十数両の扶持をひそかに得ている、大泉配下の言わば私兵だった。

だがそれは主従の契りではなく、天より授けられたと別所の自負する剣の技を介して結んだ、大泉との対等な密約なのであった。正義も悪も罪も法度も、武士の心得も五倫の埒も越えて、濁りなく果たすべき別所の冷厳な生業なのであった。

万が一、その濁りなき生業によって俗世の罪を得たのであれば、それは罪を犯したためではなく、ただ、剣に生きるべく天より授けられた己の一切の存在の、終焉《しゅうえん》のときがきたにすぎない、と別所は考えていた。


神田三河町四丁目と雉子《きじ》町境の小路を、小人《こびと》目付返弥陀《かえりみだ》ノ介《すけ》が五尺少々の岩塊のような体軀をゆらしていた。

窪《くぼ》んだ眼窩《がんか》にごつごつとした頬骨、ひしゃげた獅子《しし》鼻、大きく張った顎骨と部厚い唇の間からこぼれる、岩をも嚙《か》み砕《くだ》きそうな白い歯並が、滑稽《こっけい》なほど不釣合いで、それがまた不気味であった。

足首に届くほどの小人目付の黒羽織は肩が盛りあがり、地面を引きずる縞袴に差した大刀は物干し竿を腰に帯びているみたいに長い。

野良犬までが恐れをなして、そんな弥陀ノ介に道を譲った。

小路から木戸を折れ、棟割《むねわり》長屋が二棟並んだ路地奥の一軒の前に佇んだ。

表戸には板戸が立ててあった。

井戸端で洗濯物をしていたおかみさんらが、手を止めて、近ごろまれに見かける弥陀ノ介の様子をうかがっていた。路地を走り廻っていた子供らは、稲荷の祠《ほこら》の前に固まり、不気味な弥陀ノ介の相貌をぼうっと見つめていた。

弥陀ノ介はくるりと踵《きびす》をかえすと、井戸端のおかみさんらへ歩み寄った。

おかみさんらは慌てて目をそらし、止めていた手を動かした。

「すまんがどなたか、そこの唐木市兵衛の消息をご存じではないか。たまたま出かけておるのか、それとも旅に出ておるのであろうか」

おかみさんらは弥陀ノ介に揃って顔を向け、ひとりが、

「市兵衛さんなら、今朝早く、しばらく仕事で留守にすると仰って旅拵えで出かけやした」

と、決まり悪げに応えた。

「あの、お侍さまは返弥陀ノ介さまでいらっしゃいやすか」

「いかにも。返弥陀ノ介と申す」

立ちあがったおかみさんのひとりが濡れた手を拭《ぬぐ》いつつ、弥陀ノ介を見おろして腰を折った。

「やっぱり。返弥陀ノ介さまというお侍さまが訪ねて見えたときは、仕事が済んで江戸に戻ったら自分から顔を出すと伝えてくれ、と市兵衛さんに頼まれておりやす」

「江戸へ戻ったら、か……どこへ、何の用で出かけたのかは、聞いておらんのだな」

へえ、とおかみさんはもじもじした。

「そうか。邪魔をした」

弥陀ノ介は路地を出た。

子供らが珍しげに弥陀ノ介の後をついてきた。

仕事で旅に出た。そういう仕事もあるだろう。気にしてもしょうがない。

と思いつつ、弥陀ノ介は気になった。

弥陀ノ介は三河町の請け人宿《宰領屋》の矢藤太を訪ねてみようと思った。

小路の通りかかりが、子供らをぞろぞろと引き連れて歩いている弥陀ノ介を横目で見て、くすくすと笑いながら通りすぎてゆく。

三河町の通りを南にずっと取れば、鎌倉《かまくら》河岸の堤に出る。

鎌倉河岸の先に連なるお城の城壁と、お城の杜《もり》をもう夏の空が覆《おお》っていた。

弥陀ノ介は立ち止まり、まだついてくる子供らへ振りかえった。

腕白そうな子供らも立ち止まり、すぐ逃げられるように身構えた。

「われら、市兵衛を知っておるか」

弥陀ノ介は、数間離れた子供らに声をかけた。

「市兵衛さんなら知ってるよ。おじさん、市兵衛さんに何か用かい」

先頭の身体の一番大きな子供が、ませた口調で訊きかえした。

「そうだな。風の便りが待ち遠しい、そう伝えといてくれ」

弥陀ノ介は戯《たわむ》れに言った。

「風の便りが……ふうん、おじさんの名前は、何て言うんだい？」

「わしか。わしは、そうだな、風に転がされる石だ」

子供らは、ぽかん、と弥陀ノ介を見ていたが、不意に「ばあか」と言い捨て、風のように走り去った。

弥陀ノ介は、はは……と通りに高笑いを響かせ、青空の下に短軀を翻した。

第二章　美丈夫《びじょうふ》

一

街道は打ち開けた陸田を貫き、周辺に楢《なら》や柴などが生い茂るあたりより等々力村の百姓家がところどころに見え始めた。

街道と言ってもさしたる大路でもない中道が、乾《いぬい》（北西）の方角へ屈曲しながらだらかにくだる。この道をゆけば衾《ふすま》村の百姓に教えられた八王子《はちおうじ》への街道と交わる宇宿の高札場へ着けるはずだった。

宇宿のあたりには酒飯を売る駅家もあるらしい。

日は未《ひつじ》の刻（午後二時）をすぎるばかりと覚えた。

市兵衛は菅笠《すげがさ》をかぶり、紺地に小格子縞を抜いた単衣《ひとえ》の裾端折《すそはしょ》り、股引脚半《ももひききゃはん》、黒足袋《び》に草鞋《わらじ》を着け、下男風に肩へ背負った荷物に筵《むしろ》莫蓙《ござ》にくるんだ差料を括《くく》り付けていた。

樹林に囲まれて萱葺《かやぶき》の屋根が散在し、陸田の四方へ西の日が眩《まぶ》しく降りそそいでいる。

村の道を坤《ひつじさる》（南西）の方角へたどれば、もうそこは多摩《たま》川である。

道はやがて村の鎮守である熊野《くまの》社の鳥居前に出た。

道の右手に、松、杉の鬱蒼《うっそう》とした木立ちに囲われた鳥居が巽《たつみ》（東南）へ向かい、石段が九段ほどあって二の鳥居とさらに石段が上っていた。

鳥居前から一町（約百十メートル）ほどいった先に、満願寺の境内《けいだい》とおぼしき木々の繁りと本堂の銅の青い屋根がのぞいている。

その鳥居前をすぎたところで、鈍茶《にびちゃ》の長着を裾端折りにし長く細い足に皺ひとつない黒い股引《ももひき》を着けた男といき合った。

男は月代《さかやき》を伸ばし、巨大な蟷螂《かまきり》のような身体をゆらしながら、異様に思えるほど左右に飛び出た目を市兵衛からそらさなかった。

男の後ろに鉄砲袖の半着に股引の頬かむりが二人、棍棒《こんぼう》を肩に担《かつ》いで従っている。

その二人も市兵衛を不審そうに見つめていた。

市兵衛が三人へ頭をさげていきすぎかけたとき、長着の男が行く手を塞《ふさ》いで、

「おめえ、どこの者《もん》だ」

と、粘り着く嗄《しわが》れ声で問いかけた。

顔が市兵衛の頭の上にあり、茶色い肌が土を這う虫を思わせた。

「江戸の者でございます。わが主より、この先の満願寺さまでご修行中のご子息さまの世話をいたす役を申しつかり、まいるところでございます。決して怪しい者ではございません」

市兵衛は腰を折った。

「ご子息?」

男は後ろの頰かむりらへ首をひねった。

「満願寺に居候している栄心《えいしん》とかいう、あの妙な若侍だで」

「ああ、あのなよなよした優男《やさおとこ》か」

男は腕を組んで両手を懐に差し入れた。

男の胸を締め付けた晒《さら》しには匕首《あいくち》が差してある。

「名前は」

「市兵衛と申します」

「おめえじゃねえ。主の名前だよ、市兵衛」

「失礼いたしました。江戸は牛込柳町《うしごめやなぎちょう》で私塾を開いております赤松徳三郎《あかまつとくさぶろう》さまでございます。わたくしは赤松家で下男奉公をいたしております」

「私塾と言やあ、早い話が赤松なんたらは浪人だな」

「さようではございますが、わが主に師事する方々は、旗本御家人、諸藩のお武家さまや、日本橋、麴町《こうじまち》の老舗《しにせ》の商人など、二百人を超えております」

「だからどうした。貧乏浪人じゃねえ、偉え侍だと言いてえのか」

男が口調を荒らげた。

「おれあな、この村をあずかる番太の団蔵《だんぞう》だ。役目によって訊《たず》ねることに正直に応《こた》えるんだぜ。いいか。つまらねえ嘘をぬかしやがると、後で痛え目を見るから気をつけな」

市兵衛は団蔵に頭を垂れた。

「その赤松なんたらの倅が、なんで等々力村の満願寺なんだ」

「わが主徳三郎さまは新義真言宗のご信心厚く、満願寺智栄法師さまの教えを若きころより受けてこられました。智栄法師さまへの敬愛深く、ご子息さまには栄心と名を付けられたほどでございます。この度、智栄法師さまのご好意により栄心さまのご勉学を満願寺にて修めさせていただくことと相なり、ごやっかいになっておられます」

団蔵は不審を解かなかった。市兵衛を睨《ね》め廻し、執念深く訊いた。

「わざわざ等々力村まで、暇《ひま》な倅だぜ。まあいいだろう。で、おめえ、どういう道順で村まできた。言ってみな」

「はい。牛込より百人町へいたり、松平《まつだいら》さまのお屋敷脇より渋谷《しぶや》八幡宮の下の橋を渡り、めきり坂の富士の裾に出、それより南行して田の中道を取り、中目黒《なかめぐろ》村の祐天《ゆうてん》寺《じ》前、さらに原野の道をたどって碑文谷《ひもんや》村、村をすこしすぎたあたりの辻を西へ折れ、南面に平田の広がる道をゆるやかにのぼり衾村、次いで等々力村でございます」

「むむむ。そうかえ」

団蔵は不承不承に呟《つぶや》いた。

「その、肩の荷はなんだ」

「これはお世話いたします栄心さまの身の廻りの物と、満願寺にご奉納いたします家宝の御剣でございます。それからこれは団蔵さんに。わたくしもしばらく村に滞留をお許し願いますので、なにとぞ……」

と、市兵衛は懐から白紙の包を出し、団蔵に握らせた。

「うん？　まあ、よかろう。名主さまにはおれが届けを出しといてやる」

団蔵は表情をやわらげ、白紙を袖の中に仕舞いこんだ。

「それからな、市兵衛。高札場のある辻を四半町（約二十七メートル）ばかり北へいくと、かめ屋という旅籠《はたご》がある。街道を挟んで酒屋の醸造蔵の前だからすぐわからあ。そこで酒が呑めるし飯も食える。女将《おかみ》のおかめはおれの女房だで。おめえら下男風情《ふぜい》には相手にもできねえ吉原《よしわら》の格子を張った女だ。いけばおかめが酌をしてくれるぜ」

団蔵は嗄れた笑い声を響かせた。

市兵衛は、小腰をかがめて三人の脇を通りすぎた。

しばらくいって振りかえると、三人はなだらかな上り道の木立ちの間に消えかかるところだった。

満願寺の山門には、《致航山《ちこうざん》》の扁額がかかっていた。

門の両柱は九尺（約二・七メートル）とさして大きくはないが、境内に踏み入ると広々とし、空を舞う鳶《とび》の、
ぴゅう、ひょろひょろひょろ……

と鳴く声が、寂《さび》しげに聞こえてきた。

幅二間（約三・六メートル）ほどの敷石が、十数間先の本堂へあがる石段へつなが

っていた。

白壁と黒檜の柱の堂々とした本堂には、《満願寺》の扁額がかかっている。樹林を背に青銅の反り屋根を見せ、小石を敷き詰めた境内の左手に、地蔵堂とこれも堂々とした鐘楼《しょうろう》があった。

右手には庫裏《くり》と僧房が、楠《くすのき》の巨木の先に静かに佇んでいた。

僧房の土間に香がほのかに匂う。

市兵衛は薄暗がりへ案内を乞《こ》うた。

返事はなかったが、村の寺ののどかな静寂が快かった。

ほどなく、とと と……と廊下が鳴り、足音が軽々と近付いてくる。

と、十歳にみたぬ風貌の小坊主が黒光りのする板敷へはじけるように現れた。

剃った頭が青く、色白の丸顔にぱちりとしたあどけない目を市兵衛へ向けた。

白衣に襞《ひだ》のある黒い裙《もすそ》を腰に巻き、白いむっちりとした脛や裸足の足が人形のようだった。

「ごめん。当寺の智栄法師さまにお取り次願いたい。江戸の赤松徳三郎どのに遣わされた者がまいったとお伝えいただければ、おわかりになります」

市兵衛は小坊主へ、に、と白い歯を見せた。

小坊主が板敷へちょこんと座り、大人びた仕種で手を突き、澄んだ声で言った。

「お客さまのお名前を、お聞かせ願います」

「市兵衛、と申します」

小坊主は手を突いたまま顔をあげ、市兵衛に好奇心に満ちた眼差しを向けた。

「あの、市兵衛さんは、お侍ではございませんのか」

菅笠を取った市兵衛の、総髪の一文字髷《まげ》を解いて後ろで束ね垂らした髪形と、裾端折りの着物に股引脚半の旅拵えが、下男や端《はした》の者らしくなかったからだろう。

「はい。赤松家に奉公しております下男でございます。どうか法師さまにお伝え願います。あの、荷物を置いてよろしいか」

市兵衛はまた、に、と笑みを浮かべた。

「どうぞ、そうなさりませ」

小坊主は頭をさげ、それから敏捷《びんしょう》に身を翻《ひるがえ》して僧房の奥へ、ととと……と消えた。

しばらくして市兵衛は、智栄法師が居室にしている僧房奥の書院に通された。

智栄法師は痩せた背筋を丸めて書案（机）に向かい、書物を開いていた。

書案は障子を開け放った縁側に面していて、欅や楓《かえで》の木立ちに囲まれた庭には小石が綺麗に敷き詰められていた。

智栄法師は小坊主に案内され着座した市兵衛へ、すがすがしい白衣の膝を向け、おっとりと微笑んだ。深みのある優しい目をした老師だった。

「唐木市兵衛と申します。浅野久右衛門さまのご指示に従い、江戸よりまかり越しました」

市兵衛は畳に手を突き、深々と頭を垂れた。

書状を出して法師の前に置き、改まって言った。

「浅野さまよりの書状でございます。どうぞご一読、お願いいたします」

安寿姫の素性と若衆に姿を変えていることは、智栄法師の考えで寺の者にも知らされていなかった。

市兵衛も赤松家の下男として仕えるようにという指示を、久右衛門より、受けていた。

つまり満願寺では、安寿姫の本当の姿は姫自身と智栄法師、それに市兵衛しか知らないことになる。

さようか――と法師は微笑みを絶やさず書状を開き、文面を追った。

「ほう。南都興福寺におられたのか」

「恥ずかしながら、法相《ほっそう》の教えは無学でございます。若きころ、興福寺で剣の修行をいたしました」

「なぜ剣の修行とともに法相の教えを学ばれなかった。心にそぐわなかったのですか。浅野どのは唐木さんを、剣の腕はもとより人品抜群の者と褒《ほ》めておられる」

法師は書状を閉じながら、やわらかく訊ねた。

「剣の修行を断ちましたのは、法相の教えではなく、商いや物作りなどの人の世の生業に心動かされたからでございました」

「それで、大坂へいかれ、商いと米作りや酒造りを学ばれたのですな」

「はい。ふつつかながら……」

法師は、ふむふむ、と頷いた。そして、

「人の生きる道に、ふつつかな道などありはせぬ。人がそれぞれ自在に生きる。それをすべて受け入れ、見守るのが仏の教えなのです。唐木さんはそれでいい」

と嗄れた穏《おだ》やかな声で言った。

「満願寺は新義真言の教えをもとに定栄《じょうえい》法師が開山し、ご本尊は弘法《こうぼう》大師が彫られた大日如来《だいにちにょらい》を祀《まつ》っておる。慶安《けいあん》のころには、ご公儀より十三石の寺領寄付の朱章を賜《たまわ》っておる。浅野どのは若きころ、当寺で学ばれたのです」

法師が書案の鈴を鳴らした。

「ともかく、委細は浅野どのよりお聞きであろうから説明はいたさぬ。まず以て、安寿姫、いや栄心にお会いいただかねばならぬな」

書院の襖を所化《しょけ》（学問僧）と思われる墨染めの僧が開け、盆に載せた茶を運んできた。

「栄心にすぐここへまいるように、伝えてくれ」

「それが、栄心さんはどちらかへ……」

所化が言い辛《づら》そうに応えた。

「何、またか。しょうがないお方だ。ひとりで寺を出てはならぬと、あれだけ申しておるのに聞き分けのない。覚念《かくねん》はどうしておる。覚念に呼んでこさせなさい」

「覚念はもう栄心さんを捜しにいっております」

「ふむ、そうか。はは……気の廻る小坊主だ」

所化がさがってから、法師が声を低めて言った。

「まあ、あの方も、奥向きの自由にならぬ暮らしの中で育ってこられた。身分貴《とうと》き血筋とはいえ、まだうら若き姫君。生まれて初めて奥向きの束縛《そくばく》から解かれたのですから、気ままに振る舞いたい気持ちはわかるのですがな」

それにしてもひとりでは……と法師は困ったふうに眉間をしかめた。

「これより以後は、わたくしがお供いたします」

「そうしていただかねば。すばしっこくって、寺の者ではどうにも追い付かん」

そのとき、勢いよく走る足音が庭の方から聞こえた。

「栄心さま、栄心さま」

小坊主の甲高《かんだか》い呼び声が響いた。

法師が庭の方へ振りかえり、市兵衛も見ていると、ざざざ、と敷き詰めた小石を踏み締め、若者が若衆髷《まげ》をなびかせて走り出てきた。

紫根《しこん》の小袖にうこん色の袴と素足に草履を履き、腰には何も帯びていないけれど武家らしい扮装《いでたち》だった。

若者は書院の法師と市兵衛に気付いて、はっ、と立ち止まった。

細くしなやかな身体付きに見えた。

白い顔がやわらかな頤《おとがい》に沿って喉首へすぼみ、頬が熱気を帯びたかのように淡い朱に染まっていた。きりりとした鋭い目の下に鼻筋が通って、白粉《おしろい》も紅も刷かぬのに強く結んだ赤い唇がきかんきな気性を顕わし、紅く燃えていた。

若者は法師の後ろに控える市兵衛を、じっと見つめた。

見目麗しい、美しい、器量よし、といった言葉では言い表わせぬ不思議な神々しさのようなものが、一瞬だが市兵衛の脳裡に走った。

これが安寿姫か——市兵衛は思った。

続いて覚念が追いかけてきた。

「栄心さまったら。あ?」

覚念は立ち止まって、栄心を見あげた。

「栄心、よいところへきた。江戸のご実家より人がまいられた。話がある。そのままでよいからあがりなさい。覚念、ご苦労だった。話がすんだら呼ぶでな」

「南無《なむ》、尊師さま」

覚念が元気よく走り去った。

安寿姫がおもむろに縁から座敷へ入り、法師の隣へふわりと座する。

市兵衛は、安寿姫と向き合った。

姫の長い首筋が赤くなっていた。

「まず、栄心。こちらの御仁は浅野どのより遣わされ、ただ今よりそなたの身の警護を務める唐木市兵衛さんだ。よろしいな。これは浅野どのよりの書状だ。そなたも読むがよい」

法師が安寿姫に書状を手渡した。

姫は書状を、長く優美な指先でさらさらと解いた。

こちらが——と法師が続けた。

「仙石家ご当主直通さまのご息女安寿姫でおわす。だが寺の者にも江戸の儒学者赤松徳三郎の倅で、真言の教えの勉学のため満願寺に滞留いたしておるわが弟子栄心ということにいたしておる。そのためこの扮装ゆえ、お忘れなきように」

「浅野さまより、うかがっております」

安寿姫は久右衛門からの書状に走らせていた目を、市兵衛へ投げた。

「市兵衛でございます。これより下男としてお使いいただきますように。わたくしも仙石家ご息女安寿姫さまではなく、赤松徳三郎さまのご子息栄心さまにご奉公いたす所存で振る舞いますゆえ」

姫は書状を巻き戻しながら、澄まして応えなかった。

市兵衛とかいう身分低き者など歯牙《しが》にもかけぬ、という風情だった。

身分が違いすぎるとしてもやっかいである。先が思いやられた。そのとき、

「唐木市兵衛」

と、姫の眼差しにも劣らぬ凛《りん》とした声が市兵衛を包んだ。

二

「そなた、剣が得意なのか」

安寿姫の語調には、幾ぶん、蔑《さげす》みがこもっていた。

「得意とは思っておりません。ただわたくしなりに剣の修行はいたしました」

「だが己が強いと、思っておるのであろう。思っておらねば、警護役の務めに雇われたりはせぬからな」

「強いか弱いかは、剣を使う相手やその場によって異なります」

「強いと思っておらぬのか。なら、なぜ警護役などに就いた。金がほしいからか」

「その通りです」

市兵衛は笑った。

「金のために己の技量を売るなど、卑《いや》しい」

姫の口調にはほのかな腹立たしさがこもり、かえって美しさに凄《すご》みを添えた。

「わたくしは家禄で石高や扶持料をいただく身分ではありません。武家であれ町家であれ、わたくしを必要としていただくところに己の技量をつくして勤めるのです。有り体に申せば、己の技量を求める方に某《なにがし》かの金子《きんす》でお売りするのです。それがわたくしの稼業、暮らすための生業です」

「忠心からではなく金ほしさに技量を売る者などに、どうして務めが果たせよう」

「忠心ゆえに仕えるか、金を稼ぐために働くか、どちらが務めを果たし得るかはその者の心がけによります。どちらが、と申すことはできぬと思います」

「馬鹿な。忠心者は命を賭《と》して主に仕える。金で働く者が務めに命を賭しはしまい」

「忠心者が命を賭して主に仕えることが偽りとは申しません。ですが忠心者が務めを果たし得なくとも忠心者であることは変わりません」

「当たり前だ」

姫の激しい口調に、市兵衛はゆっくりと応じた。

「忠心者の家禄や扶持は守られるでしょう。しかし、金で働く者は務めを果たせねば金は得られないのです」

「務めを果たせねば切腹して自らを戒《いまし》める。それが侍の務め方ではないのか」

「金で働く者が務めを果たせねば、どこからも金を得られず、暮らしに窮《きゅう》し、飢《う》えに喘《あえ》ぎ、路頭に迷い、ときには首を吊り、あるいは浮浪の民となり、塗炭《とたん》の苦しみを味わうのです。それゆえ例《たと》えば商人は、金を得るために懸命に働くのです。身分と家禄に胡座《あぐら》をかき、ぬくぬくと暮らしておる侍は幾らもおります」

「すべての侍が忠心者とは言えぬ」

「ですから、その者の心がけによると申しておるのです。確かに嘘偽りを申して不当に金を得る商人もおるかもしれません。しかしながら物の売り買いとは本来、人と人との濁りなき契りなのです。人と人との契りという意味では、侍の忠義忠心も商人の物の売り買いも、何ら変わりはいたしません」

「侍と商人を、同じだと申すのか」

市兵衛はそれに応える代わりに、にこりと微笑み、

「仙石家の姫さまに、ご無礼を申しました。お許しください」

と、頭を垂れた。

「身分なき者ですが、己の技量の限りをつくして務めを果たす所存です。何とぞお心安らかにおすごしくださりませ」

姫の鋭い眼差しが、市兵衛にじっとそそがれていた。

智栄法師がしきりに頷いている。

「市兵衛、そなた剣以外に何ができる」

姫が再び腹立たしげに問いかけた。

まだ言い足りないらしい。

ふと市兵衛は、この姫は何に腹を立てているのかと考えた。

市兵衛をひと目見ただけで気に入らないのか、身分なき浪人ごときに警護されることが我慢ならないのか、あるいはほかに含むところがあるのか、訝《いぶか》しい。

どちらにしても務めは果たさねばならぬ。

気の重いことだ——と思った。

「応えよ、市兵衛」

「はい。強《し》いて申せば、算盤《そろばん》を少々心得ております」

「算盤？　勘定方にでも勤めておったのか」

「大坂の仲買問屋に数年寄寓《きぐう》いたし、商いの手ほどきを受けました。その折りに身に付けたのです」

「何のために商いの手ほどきじゃ。侍を捨てて商人になりたいのか」

「この世を動かしておる実の仕組を、知りたかったのです」

「この世を導いておるのは侍ではないのか。侍こそが世の仕組を作り、下々を率いておるからこそ、みながつつがなく暮らしてゆける。そうであろう」

理屈の多い姫さまである。

「若きころ、不思議に思いました。日々口にする米や酒、身に着ける着物、雨露を凌《しの》ぐ家、どれも生きてゆくうえに必要なこれらの物を誰が作り、どのようにして自分に届いたのか。なぜならわたくしは侍ゆえに、米も酒も、着る物も住む家も作っておりませんでした。侍は百姓や商人や職人の施しを受けている気がしたのです」

市兵衛がそう言うと、姫の怒りを含んだ眼差しにかすかな陰りが差した。

「そんな気がしたとき、剣の修行を断ち、諸国の商いの中心地である大坂へ出ようと思い立ったのです。大坂にいけばこの世の実の仕組がわかるのではないかと……」

姫が眼差しをそらした。

頬の淡い朱が失せ、そこはかとない愁《うれ》いを湛《たた》えたかのようであった。

「若き日の埒《らち》もない思いこみです。お許しください」

市兵衛は仲裁を求め、法師へ笑みを投げた。

「栄心、それぐらいでよかろう」

法師が穏やかに姫を遮《さえぎ》った。

けれども姫が、そのとき言った。

「ならば市兵衛、この世は誰のものなのだ」

市兵衛は胸の奥に小さな驚きを覚えた。

この姫さまは、己が誰なのかを知ろうとしている。何と初々《ういうい》しい。

「この世には、人、鳥獣虫魚、草木、それらすべてが生きており、わたくしもそれらとともにこの世に在るひとり、という以外わかりかねます」

市兵衛が応えると、法師が「はぁ、はぁ、はぁ……」と、のどかな笑い声を座の中にまいた。

それから書案の鈴を気持ちよさそうに鳴らした。

ほどなく、襖の外の廊下に小走りの足音が聞こえてきた。

襖が開けられ、小坊主がにっこりと笑った。

「尊師さま、お呼びでございますか」

「ふむ、覚念、こちらへきて座りなさい」

覚念が、つつつ、と遠慮もなく法師の隣へちょこんと座った。

「市兵衛さん、これまではこの覚念に栄心の世話役をさせておりました。覚念、市兵衛さんに改めてご挨拶《あいさつ》をするのだ。この後は、おまえと市兵衛さんで栄心の世話役を務めてもらうでな」

「南無。わかりました。市兵衛さん、よろしくお願いいたします」

「こちらこそ、よろしくお願いします」

覚念はくりっとした目をしばたたかせ、頰をゆるませた。

しかしいきなり、法師へ向き直って訴えた。

「尊師さま、栄心さまは少しわがままがすぎます。わたしの申すことなど、ぜんぜん聞いてくれません。尊師さまから仰ってください。わがままを慎《つつし》むべしと」

覚念のもっともな訴えに法師が、それはいかんのう、と笑い、取り澄ましていた姫は、うっ、と吹くのを堪えて白い顔をいっそう赤らめた。

そして鶴の頭のような白い拳を作って、覚念の丸い頭を小突く真似をした。

覚念は、平気だい、という腕白小僧の顔付きになった。

「覚念、唐木さんを部屋に案内して差しあげなさい」

「南無」


致航山満願寺から、夕焼の空を飛んでゆく鳥影が眺められた。

墨染めの衣をまとった所化が鐘楼の鐘を撞《つ》き、諸行無常の響きが村の野面を越え、武蔵野の杜や原野を渡っていった。

智栄法師や役職のある僧と安寿姫は、所化や小坊主らの給仕を受けてそれぞれの居室で夜食を摂《と》ったが、市兵衛は寺の七人の所化である学僧、納所《なっしょ》、それに小坊主の覚念らと庫裏の板敷で膳を並べた。

覚念は寺の中で一番年下の九歳。ほかにひとり、老爺の寺男がいた。

市兵衛に当てられた部屋は庫裏に隣合わせた一室で、部屋の引違窓から本堂裏手に結んだ萱葺の小さな庵《いおり》が竹の林間に見えた。

庵の背後に建仁寺《けんにんじ》垣に囲われた寺の墓地の小高い台地が迫り、庵を外の眺めから隠していた。

その庵が安寿姫の居室だった。

やがて境内が漆黒の夜に包まれ、竹林の彼方に庵の障子にぽっと差した燭台の明かりが見えた。村の野では蛙がもう賑やかに鳴いていた。

燭台の明かりの下で刀の柄の握りを確かめているところへ、覚念が蚊遣りを持ってきてくれた。

「ひと晩で人相が変わるくらい、藪蚊に食われますからね」

まだ幼い覚念は、くすくすと屈託なく笑う。

すぐには戻らず、南都興福寺の僧はみな天狗の形相《ぎょうそう》をしていると聞いたが本当なのかとか、どんなに大きな寺で、どれくらいの僧が暮らしているのかなどと訊いて、くりくりした目を好奇心に輝かせた。

覚念が戻り、市兵衛は床に就いた。

板戸を五寸ほど開けたまま横になり、竹林越しに庵の灯の消えるのを待った。

だが、市兵衛は灯が消えるのも知らずにまどろんだ。

鐘楼で鳴り渡った九ツ（午前零時）の鐘が、夜の静寂に深々と溶けた。

まどろみから醒めると、竹林の間に庵の明かりがまだ灯っていた。

市兵衛はむっくりと起きた。

庫裏を出て、本堂裏の竹林の間を物音を立てずに庵へ近付いていった。

暗闇の中で、障子に映る明かりは心細げに小さく震えていた。

「栄心さま、市兵衛です」

市兵衛は明かりへ静かに声をかけた。

「用か」

安寿姫の沈んだ声がかえってきた。

「いえ。明かりが消えませんので、念のため見にまいっただけです」

沈黙が流れた。

市兵衛は竹林の間から踵《きびす》をかえした。そのとき背中で、

「そうか」

と、姫の儚《はかな》げな声がした。

三

丸二日がすぎ、三日目の夕刻になった。

姫は黙って寺を抜け出すこともなく、庵から出てくることさえほとんどなかった。

寺の者が姫の奔放《ほんぽう》さに手を焼いていると聞いていたのに、案ずるほどのことはない。

寺内では覚念が姫の世話役なので、市兵衛に仕事は何もなかった。看経《かんきん》にときをすごし、身体を鈍らせぬために寺の掃除と薪《まき》割りで汗を流した。

七ツ半（午後五時）、寺ではまず智栄法師と役僧、栄心の夜食が始まる。

江戸の赤松家から満願寺に多額のお布施があり、「栄心さまはご勉学、ご修行の身ではあってもお客さまですから」ということになっている。

それが済んだ後の六ツ（午後六時）すぎ、所化、納所、小坊主の覚念、そして市兵衛も一緒に夜食が始まる。

寺の納所が調理する精進料理は、なかなかの腕前だった。

凍豆腐《こおり》、豆腐皮《ゆば》、干瓢《かんぴょう》などの乾物、昆布、和布《わかめ》、鹿尾菜《ひじき》、海苔《のり》などの海草類、豆腐、油揚、蒟蒻《こんにゃく》、納豆《なっとう》、牛蒡《ごぼう》、人参、大根、筍《たけのこ》、蓮根、自然薯《じねんじょ》、蕗《ふき》、芹《せり》、茗荷《みょうが》、独活《うど》、生姜《しょうが》に紫蘇《しそ》など、生臭料理《なまぐさ》ではなくとも彩り豊かで味も素晴らしかった。白胡麻《ごま》、黒胡麻、柚《ゆず》、味噌の調味料がほどよく利き、胡麻油を使った揚げ物が庫裏に香ばしく漂って、市兵衛の食欲をそそった。

壮年の納所は大根の漬物が得意で、台所土間のぬか漬けの桶《おけ》を得意げにかき混ぜる姿がよく見られた。

飯どきには、とんとんとん、と小気味よく刻んだ大根の漬物が必ず添えられる。

そして、若い所化らが一斉にぽりぽりと心地よさげに音を立てるのが、微笑《ほほえ》ましくも面白い飯どきの風景だった。

それでも三日目の夜食の始まるころになると、看経に薪割り、寺の飯を楽しみにするだけでは少々物足りなさを覚え始めていた。

まさかこんな楽な務めで済むはずがあるまい、と勝手に憶測した。

三日目の夜食の折り、市兵衛は隣の覚念に話しかけた。

「栄心さまがああだから、さほど案ずる務めではなさそうだ」

すると覚念は目をくりくりさせ、

「栄心さまは市兵衛さんがお見えですから、この二、三日、猫をかぶっていらっしゃるのだと思いますよ。今夜あたり、そろそろでは」

と、悪戯《いたずら》を思案するみたいに口元をゆるませた。

周りの所化らも、くすくす……と笑って目配せを交わしたりした。

おや、と思っていたところ、六ツ半（午後七時）すぎ、覚念がこっそり部屋へ顔を出し、

「市兵衛さん、ちょ、ちょ、ちょ……」

と、手招きした。

市兵衛と覚念は、本堂を廻る板廊下の柱に身を隠し、暗闇の中で息をひそませた。

庫裏の方から、戸をそっと開ける物音と忍び足が聞こえていた。

市兵衛は暗い境内に瞳を凝《こ》らした。

薄白く延びた敷石の先に、表門の黒い影がぼんやり浮かんでいる。

そこに小さな提灯《ちょうちん》の明かりが人影を映した。

敷石をひたひたと走り始めた人影は、安寿姫に違いなかった。

「ほら、やっぱりきたでしょう」

と、覚念がささやいて、表門脇の潜戸《くぐりど》を抜ける音が続いた。

「市兵衛さん、こっちへ」

覚念が本堂の廊下をおりて表門へ小走りに駆けた。

そして潜戸を出て街道を横切り、田んぼの畦道を心得たふうに駆け出していく。

さくさくと道の草が鳴った。暗闇の中ではどこをどちらへ走っているのかわからない。姫の影も提灯の明かりも見えず、足音も消えていた。

「覚念さん、栄心さまはどこだ」

しっ、と覚念が立ち止まった。

闇の彼方をうかがい、それからまた駆け出した。

市兵衛はぼんやりと見える覚念の小さな白衣の後に従うしかなかった。

やがて急な坂道をくだった。

深い藪らしき向こうに川のせせらぎが聞こえてくるあたりから坂道は険しくなり、ゆっくり探りながらの足取りになった。

すると、前方に百姓家らしきか細い明かりが見えてきた。

谷へおりたようだ、川の音がだんだん近くなるにつれ、藁《わら》を叩く音が百姓家の方から聞こえてきた。

湿ったやわらかい土を踏んで、百姓家に近付いた。

覚念は破れた板戸の前に足音を忍ばせた。

「ここです」

とささやき、戸の隙間から中をのぞいた。

市兵衛は薄い煙を吐いている竹格子の窓際に身を寄せ、中の様子をうかがった。

安寿姫の着物の紫根色が最初に目に付いた。

姫は土間に立ち、ぼろ布に包まれた赤ん坊を抱いてあやしていた。

土間の隅の竈《かまど》に、十二、三歳ばかりの娘が粗朶《そだ》をくべていた。

傍らでは、小さな男の子がうずくまって竈の火を見ていた。竈には、薄く湯気ののぼる土瓶がかけられている。

竈の明かりを頼りに、童女が藁束を叩いていた。

とん、とん、とん……

土間からあがった障子も仕切りもないひと間に、蓬髪《ほうはつ》の痩せ衰えた男が破れ布団に寝かされていた。

女房らしき女が男の世話をし、部屋の隅に老母らしき女がうずくまっていた。

姫以外は、みなぼろ同然の衣服だった。

働き手の父親が病に臥《ふ》せり、残りの者が困窮に喘いでいるさまがうかがえた。

煎じ薬らしき臭いが、煙に混じっていた。

やがて娘が土瓶の煎じ薬を椀にそそぎ、男の寝床の傍らへ運んだ。

「おとん、できたよ」

娘が言った。

「さあ、おまえさん、旦那さまからいただいた薬だで。飲めや」

女房が起こし、男は娘の差し出した椀を取った。

姫は赤ん坊をあやしながら、男が薬をゆっくり飲む様子を見守っていた。

男は、はだけた胸のあばらが見える上体を弱々しく上下させた。

娘に椀を戻した男に、姫が男を装って言った。

「朝と夕、日に二度この煎じ薬を飲むのだ。そのうえで安静にしておれば必ずよくなる。薬がなくなるころまた持ってきてやる。今しばらくの辛抱だ。頑張るのだぞ」

男と女房が姫に向かって掌を合わせた。

娘や子供ら、そして部屋の隅の老母がそれに倣《なら》った。

男が咽《むせ》び、子供らも泣いた。

「止せ。そんなことはするな。止せ、止せ……」

姫が言った。

市兵衛は窓から離れ、壁際に佇んだ。

覚念ものぞくのを止め、草生《む》した土壁に凭《もた》れかかった。

市兵衛は腕組をして考えた。これは困ったぞ、と思いつつ、気の重さとは異なる少し熱っぽい情感が去来した。

戸がごとごとと開いて、姫の提げる提灯の灯が見えた。

「美代《みよ》、旦那さまを寺までお送りしろ」

「うん。いってくる」

家の中で母親と娘が言葉を交わした。

「道はわかる。送らずともよい。大丈夫だ」

姫が振り向いて言った。

母親と娘、子供らが姫に続いて出てきたとき、

「栄心さま、お迎えにあがりました」

と、市兵衛が壁際に佇んで声をかけた。

あっ――と姫が壁際の市兵衛に提灯をかざした。

「栄心さま、心配しましたよ」

覚念が下から姫を見あげた。

「おまえか。よけいな事を……」

姫が睨み、覚念の襟首をつかもうとするのを、覚念は「だってだって……」と、市兵衛の後ろへ逃げた。

「お出かけになるのをお止めはいたしません。しかし、おひとりで出かけられるのは困ります。必ずわたくしをお連れください。これでは務めが果たせません」

姫は顔をそむけた。

市兵衛は、突然人が現れて驚いている母親と美代という娘や子供らに言った。

「わたしは栄心さまにお仕えしている者だ。迎えにきただけだ。さ、戻りますぞ」

と、姫を促した。

母親と娘や子供らがまた掌を合わせた。

覚念が提灯をかざして前をすすみ、姫と市兵衛が続いた。

谷からのきついのぼり道を、三人は黙々とたどった。

姫は、貧しい百姓家へ忍んできたのを見つかったのが気まずいからか、市兵衛が気に入らないのか、むっつりと黙りこんでいた。

川の音が聞こえ、藪蚊が羽音を立てて襲いかかってくる。

市兵衛は羽音を聞き分け、姫に襲いかかる藪蚊を払ったりつかんだりした。

「何をしているっ」

姫がいきなり振りかえった。

「蚊が、ひどいものですから」

市兵衛は両掌を広げてつかんだ数匹の蚊を見せ、払い落とした。

そこへまた、ぷうん、と飛んできた羽音を市兵衛は暗がりの中でつかんだ。

「ほらね」

掌を広げて姫に見せた。

「すごいや」

覚念が提灯をかざして言った。

姫は一瞬驚いた顔をしたが、すぐに、知らぬ、という素振りで踵《きびす》をかえした。

暗闇の先へさっさといってしまう。

だが寺の庫裏に戻ったとき、姫の白い頬や額《ひたい》、首筋が藪蚊に刺されてあちこち赤い斑《まだら》になっていた。

痩せ我慢をして澄ましているが、覚念は姫の斑になった顔を見て、くっくっ、と笑いを堪《こら》えた。

「お待ちなさい。薬を付けて差しあげます」

市兵衛は部屋の自分の荷から、親指ほどの竹筒の薬を取り出してきた。汁を少々掌に取り、指先を浸して「失礼」と姫の顔の刺された痕《あと》に塗った。姫は上がり框《かまち》にかけ、目を落として市兵衛に薬を塗られるままになった。長い睫毛《まつげ》が細かく震えていた。

「茗荷の葉をつぶした汁です。虫刺されに効く。諸国を旅しておりますとこういう知恵が身に付きます。虫刺されは辛《つら》いですからな」

姫は袖を肘までまくって、長く白い両手を差し出した。肘から指先まで、あちこちが赤くなっている。

気持ち、いい――と思わずもらした。

よほど痒《かゆ》いのを我慢していたのであろう。

「市兵衛さん、わたしにもお願いします」

覚念が丸い額や頬をぼりぼりとかいていた。

「よしよし、塗ってやろう。あまりかいてはいかん。ここだな。手も足も刺されておる。蚊もやわらかい肌が刺しやすいのだ」

僧らはすでに寝所に入っていて、庫裏には三人だけだった。寺は静寂に包まれ、蛙の鳴き声が村の夜更けを告げていた。

「市兵衛、あの百姓の一家はな、父親が長く病に臥し、薬料のために高利貸しから金を借りたのだ。けれども、金がかえせなくて、わずかな田を取られた」

少し楽になったらしく、姫は溜息をついてから言った。

「田は取られても、米を作らねば百姓は生きていけぬ。あの者たちは高利貸しのものになった田を耕し、収穫のほとんどを奪われ、あの貧しさに堪えながら病に臥す父親を懸命に看病しておる」

燭台《しよくだい》の明かりが薄暗く灯る土間に、竈や大きな飯釜、器を重ねた棚がひそんでいた。

「あの者たちの暮らしの貧しさをそなたも見たであろう。自分が作った米を、あの者たちは食べられぬ。稗《ひえ》や粟《あわ》、木の実などで飢えを凌《しの》いでおる」

市兵衛は覚念に薬を塗りながら訊ねた。

「あの一家と栄心さまは、どういうかかわりなのですか」

「たまたま通りかかって水を所望した。それだけだ。そのとき、亭主が長く病に臥せっており、女房と老いた母親、まだ乳呑児もいる四人の子供らがひもじさに堪えているのがわかった。あまりのひどい暮らしに胸が詰まった。だからせめて子供らに、食べ物を持っていってやったのだ。今宵は亭主に煎じ薬の人参を……」

「ひとりで、たびたびいかれるのですか」

「あそこは小川が流れ、木々が繁り、鳥たちがとても美しくさえずる」

姫は、ふ、と笑った。

「あそこは村はずれの谷沢川の流れる深い谷になって、昼間も日が差しませんし、村の者らもめったにいきません。あの一家は谷の出口の小さな田を耕して暮らしている者らです。先年、父親が病に臥せって、父親の薬を買うために田を手放し、ほかにまだ借金を抱えているのは本当です」

覚念が姫の言葉をおぎなった。

「あの者たちはなぜ、あれほど貧しさに苦しまねばならぬのだ。あの者らを見て、市兵衛はどう思う」

「わたくしは、栄心さまの身をお守りする己の務めを果たすのみです」

「務めさえ果たせばそれでよいのか。務めを果たし金さえ得られれば、それでよいのか。弱き者を憐《あわ》れむ心がないのか」

姫が覚念の丸い頭越しに市兵衛を睨み、語気を強めた。

「貧しい者、苦しんでいる者に憐れみを持たれるのは貴《とうと》いことです。ですが、ご自分の立場をお考えなされ。何ゆえ満願寺でご修行、ご勉学をなさっておられるのか。

江戸を離れ、ご不自由な暮らしをなさっておられるのか」

「わたしは寺の暮らしを不自由に思ったことはない。みなに監視された江戸の窮屈な暮らしよりずっと楽しい。ひとりは気楽でいいし、もう江戸へは帰りたくない」

「では気ままになされ。ただしご実家では、ご修行の身でありながらそのように振舞われる栄心さまの身を案じられ、わたくしをお世話役に雇われたのです」

「そんなことは、言われずとも知っている」

「ならばわたくしがお世話役である間は、ひとりで出かけることは一切慎んでくださ い。よろしゅうございますね」

市兵衛も語気を強めた。

覚念が、ふんふんと頷いた。

姫は唇を固く結んだ。急に立ちあがり、

「よい。くどくどと言うな。気ままに振る舞ってなどいない。無骨なそなたにはわからないのだ」

と言い捨て、草履を腹立たしげに鳴らして庫裏を出ていった。

気難しい姫である。

「怒らしちゃいましたね」

「そうだな」

「でも、栄心さまがわがままなんですよ。お坊ちゃんそだちなんだから。市兵衛さんの苦労も知らずにね……」

と、覚念は市兵衛をかばった。


同じ夜更け、広い座敷に主太左衛門《あるじたざえもん》、荏原郡を支配する陣屋の手代佐々十五郎《さささじゅうごろう》、そして等々力村番太団蔵が卓袱《しっぽく》を囲んでいた。

卓袱、と言っても卓を白綿布で覆っただけで、並べた皿は唐人通辞らがもたらした中国料理ではなく、茶碗蒸や大根と里芋の甘煮などの鄙《ひな》びた田舎料理である。

主太左衛門が江戸の料理屋で見て、「面白い」と卓袱の形だけを真似た。

そこは、高札場のある等々力村字宿の辻を四半町ばかり北へいき、かめ屋という旅籠《はたご》と街道を挟んだ白壁の醸造蔵に《太左衛門》の看板が掲げられている、村でたった一軒の酒屋の母屋である。

その座敷に、遠くで鳴く蛙の声が聞こえていた。

太左衛門が団蔵の猪口《ちょく》に燗徳利《かんとつくり》を差しながらささやいた。

「売り払う田畑がもうないからと言うても、貸した金は戻させねばならねえ。貧乏人らに甘い顔ばかりは見せられねえだで。団蔵、わかってるな」

猪口をありがたく頂戴した団蔵は、ずずっ、と唇を鳴らし、瓦のような掌で拭《ぬぐ》った。

「へえ、潮時と思っておりやす。貧乏人どもは、旦那さんにどんだけ温情をいただいているかも考えず、まったくぐうたらな者どもで。やつら、甘やかすと図《ず》に乗るばかりで始末に負えねえ。二、三日中には品川から仲介人の角助《かくすけ》がきやすので、それまでには頭数を揃えておきやす」

団蔵が盃洗で猪口を洗い太左衛門にかえすと、太左衛門は猪口を取り、団蔵の差した徳利を受けた。

「と言うても男はならねえぞ。おれんとこの田を耕す働き手だでな」

「手抜かりはありやせん。みな娘っ子ばかりでやす。どいつもこいつも貧乏百姓育ちで器量はいまひとつだが、品川女郎衆を真似てこってり化粧をすれば、いい売り値が付きやすぜ」

団蔵は手代の佐々十五郎の猪口にも徳利を差した。

手代とは代官所や郡代に雇われている下役人である。佐々は生まれは百姓だが、郡代の手代に雇われ、今では名字帯刀を許されている。

「強引なやり方は慎んでくれよ。やりすぎてよからぬ噂が立つと面倒なことになるでな。郡代さまもご承知ではあるが、法度《はっと》の建て前はつくろっておかねばならん」

「みな親から身請証文を取りやす。旦那さんの借金証文があれば、貧乏百姓どもに言うことを聞かせるぐらい、ちょろいもんでさあ。それに貰主が角助、請人があっし団蔵で、旦那さんの借金を肩代わりした体裁《ていさい》を取りやすので、ご安心を」

太左衛門が含み笑いをし、頷いた。

「団蔵に凄《すご》まれたら、みな震えあがるだろうな」

佐々十五郎は猪口を気持ちよさげに呷《あお》った。

「建て前をつくろっておけば郡代さまの方に障りはない。後は太左衛門が郡代さまに献上する物を届ければよいだけだ」

「心得ておりやす。むろん、佐々さまにもお礼はいたしやすよ……」

太左衛門と佐々が、がらがらと笑い声を立てた。

太左衛門は村名主を務め、数年前より郡代手代の佐々とひそかなつながりを深めた間柄だった。

「ところで団蔵、しばらく前より満願寺に評判の美丈夫《びじょうふ》が修行に滞留しておるそうだな。噂に聞いたが、それほど見目麗《うるわ》しい若衆か」

「ああ、栄心とかいう江戸の若衆でやすね。美丈夫というより娘っ子みたいになよなよした若造でやす。確かにあれじゃあ真言たらの修行は表向きで、案外、生臭坊主どもの夜伽《よとぎ》が目当てかもしれやせんぜ」

「それほどの若衆か」

佐々が色黒の顔の、細い目を光らせた。

「何なら、佐々さまにお世話いたしやしょうか。そういうことなら、あっしのお手のもんでやす」

「団蔵、佐々さまは若衆には目がござらねえだで、お世話して差しあげろ」

太左衛門が佐々の猪口に酌をした。

「真《まこと》か。あいや、と言うてあまり表立ってでは困るぞ」

佐々が薄ら笑いを浮かべ肩を震わせた拍子に、酒がぽたぽたと卓袱へこぼれた。

四

翌日の午前、市兵衛は安寿姫に供を命じられた。

「多摩川で、釣りだ」

姫が言った。

覚念も一緒で、道案内をするみたいに前を歩み、姫の後ろに市兵衛が従った。

三人とも夏の間近な日差しを避けて、菅笠をかぶった。

多摩川は等々力村の南方を流れる清流である。

道をしばらくいくと、だらだらと幾重《いくえ》にも折れてくだる坂道に出る。

そこから、石や草木の覆う広い川原と美しく屈曲する流れが見おろせた。

流れの向こうにも広々とした川原があり、低い堤を越した先に田畠が広がっている。

「川向こうは宮内《みやうち》村です。今はこんなものですけど、水があふれると堤の外まで川になってしまうんですよ」

覚念がだらだら坂の途中で言った。

多摩川の上流は武蔵野の原野がはるばると開け、彼方に山嶺が青く霞《かす》んだ帯を列《つら》ねていた。

道は楠や椎の木、とちの木、黒松、かやの木などのえも言われぬ心地よい日陰を、川縁へくだっていく。

川縁近くまでくだってきたとき、栄心は一軒の百姓家へ立ち寄り、細竹の三本の釣竿を用意してきた。

「僧が殺生《せっしょう》はなりませんから、釣りをするときはいつもここで釣竿を借りるんです」

覚念は、遊び盛りの童子の顔になっている。

そうして揚々と先頭をいき、多摩川の川原へおり立ち、勝手知ったふうに草地の間をわけていった。

川原の上流の方で投げ網をしている川漁師の姿が見えた。

覚念は葦《よし》の陰の岩と水草に覆われた水際まできて、

「ここはわたしが子供のころに見つけた秘密の漁場です。餌《えさ》はこれを使ってください。わたしが練った特製です」

と、姫と市兵衛に釣竿を手渡し、懐から竹皮に包んだ練り餌を出した。

姫はわかっているらしく、黙々と餌をつけて流れの中にぽちゃりと釣竿を垂らした。

そして手ごろな石に腰かけた。

覚念が少し離れてちょこんと座り、同じように釣竿を並べた。

「何が釣れるんだい」

市兵衛は覚念を真似て、並んで釣竿を垂らした。

「季節は終わりですが、若鮎《わかあゆ》がまだ釣れます。若鮎を獲りすぎてもいけませんから、簗《やな》漁の川漁師は登り簗漁はやりません。ですから、今ごろの季節ののんびりとした鮎釣りは案外いいんです」

覚念が大人びた講釈を垂れた。

落ち鮎の季節は秋である。

「ふうん、若鮎釣りか」

川鳥が、ぴゅうい、ぴゅうい、と川原のどこかで鳴いていた。

川は静かに流れている。

「市兵衛さん、釣りは初めてですか」

「子供のころは、隅田川へ釣りによくいったよ」

姫は覚念の向こう側で、じっと竿を伸ばしていた。

三人はそれから半刻以上、静かな川面に竿を並べ、魚が食いつくのを待った。

けれども、三人の釣竿はぴくりともしなかった。

姫は少し不機嫌になって、餌を取り替えたり場所を移したりといろいろ試した。

そのたびに市兵衛も姫からあまり離れないように移動するため、釣りに身が入らなかった。

「やっぱりもう、だめですかね」

覚念も少し落胆し、上流の方へ場所を移ることにした。

姫が先に川原を進み、市兵衛と覚念が並んで姫の後ろに従った。

ぴゅうい、ぴゅうい、と鳥の鳴き声が聞こえていた。

魚が釣れず不機嫌そうな姫に覚念も声をかけられず、市兵衛に言った。

「わたしが子供のころは、今ごろでもまだ釣れていたんですが」

「いいさ。鳥の声に耳を澄ましながら川原を歩いているだけでもいい気分だ」

「隅田川に較べれば、多摩川はうんと大きいでしょう」

「川全体では多摩川が大きいが、流れの幅は隅田川の方が広いね。隅田川は七十間以上の流れの幅があるが、多摩川は……」

市兵衛は左手の流れの方へ指先をかざし、

「そうだな。おおよそ二十間余りというところかな」

と言った。

「ええ？　そんなものなんですか」

覚念が意外そうに訊いた。

すると姫がくるりと振り向いた。

「二十間余りと、どうして言える。向こう岸まで渡って計ったわけでもないのに」

姫の棘《とげ》のある口調に、市兵衛が菅笠の下の頬をぽりぽりとかいた。

「は、はい。わたしの見立てでは、ざっとそんな幅ではないかと」

「見立て？　ただ、それぐらいの幅だと思うだけのことか」

「向こう岸へ渡らずおおよその川幅を計る方法があり、それで見立てたものです。まったく、おおよその見立てです」

「たとえおおよそでも、川を渡らずにそんなことがどうやってできる」

困った。姫は魚が釣れず、やはり不機嫌である。

八つ当たり気味に「申してみよ」と、しつこく言った。

仕方なく市兵衛は、

「戦国の武将は敵と対峙《たいじ》する川幅を計る際、対岸に真っ直ぐ立っている敵の目に見える大きさを計ります。指でも木切れでも、刀でもかまいません」

と、葦の茎を使って対岸の対象の目に見える大きさを計る仕種をした。

「そうしてこちら側の同じぐらいの背丈と思われる味方の士に、敵が見えるのと同じ大きさになるまで真っ直ぐ立って離れさせるのです。同じ大きさに見えるところまで離れたら止まらせ、その士との間を縄を使うなり歩くなりして計れば、向こう岸とのおおよその幅がわかります」

姫が、不思議そうな顔をした。

「旅暮らしをしていたころ、人を使って試したことがあります。それで、おおよその幅なら出せるのです」

「凄いや、市兵衛さん。お侍さまでもないのによくご存じですね」

覚念が市兵衛を見あげて言った。

「書物で読んだのさ。侍でなくてもわかるよ」

姫はそれ以上言わず、ふんと顔をそむけた。

ざわざわと草をかきわけ大股で歩いていくのを、

「栄心さま、どこまでいくんですか」

と、覚念が追いかけた。

それでも昼前までに、覚念と姫は若鮎三匹とへらぶな二匹を釣った。

姫の機嫌がなおり、覚念とあれこれ言い合いながら魚を葦の茎に通し、提げていこうとする。

「栄心さま、わたしがお持ちします。しかしこれをどうなさるのですか。寺へは持って帰れません」

「わかっている。こちらだ」

姫は元きた坂道の方へはいかなかった。

谷沢川が多摩川へ流れ入るあたりから、谷沢川の堤をさかのぼり始めた。

覚念も心得ているふうで、何も訊かない。

樹林に鳥のさえずりが涼やかで、道端の藪の下には川のせせらぎと細流があった。

やがて人ひとりがたどれるほどの小道に出て、道は谷沢川沿いに両側を鬱蒼と繁る木々に覆われた崖の間へゆるやかにうねっていた。

その林道の崖の奥へ通じる手前あたりに、日が白々と差す下に小さな瓜畑が見えた。

畑の向こうに萱葺のあばら家が傾いて建っている。

昨夜のあばら家へ、川下の方からきたことがすぐにわかった。

どうやら姫は釣った魚を、病に臥せった亭主のために届けるつもりらしい。

出入り口の破れ板戸が開いていて、戸の前に数人の男らが屯《たむろ》していた。

姫が足早にあばら家へ近付いていく。

折りしも、家の中から月代の伸びた蟷螂《かまきり》顔に満面の笑みを浮かべた団蔵が出てきた。

団蔵は、巨大な虫のような身体に較べれば人形みたいに小さな美代の手を引いていた。

美代は、片方の手で目を拭っていた。

男らの間をかき分けて赤ん坊を抱いた母親が出てきて、団蔵に何か懇願《こんがん》しているふうだった。母親の腕の中で、赤ん坊がみゃあみゃあと泣いていた。

団蔵は急に顔を歪《ゆが》め、母親に激しく雑言を浴びせていた。

母親は何度も腰を折り、いきかける団蔵の袖をつかんで離さなかった。

「……いい加減にしやがれ。諦めの悪いおっかあだ」

近付くにつれ、団蔵の罵声が聞こえてきた。

子分がへらへらと笑いながら、母親の頭や肩を小突いて威嚇《いかく》している。

「待て。おまえたち、何をしている」

姫が団蔵らへ歩み寄り、凛とした声を投げた。

戸の前の者らが一斉に姫へ振り向いた。

団蔵の歪めた唇が、薄気味の悪い嘲笑を作った。

「お美代の手を離せ。泣いているではないか」

二人の男が「何だ、てめえ」と立ちはだかり、大股で歩む姫の肩を突いた。

姫はそれを手で払い、もうひとりをきっと睨み据えた。

姫は男よりも背が高かった。睨まれた男が怯んだ。

「おめえ、満願寺の居候のお小姓だな。そうそう思い出した。栄心だ。生臭坊主どもに可愛がられて、ちょっと見ねえ間に器量がよくなったじゃねえか」

団蔵が下卑た口調でからかい、子分らがげらげらと笑った。

「お美代をどこへ連れてゆく。おまえは人さらいか」

ぐふふふ……

と、団蔵は飛び出た目をうるませた。

「人さらいたあ人聞きが悪いじゃねえか。ちゃんと証文を取った身請けだ。不審なら、中のくたばり損ないの親父に訊いてみな」

「おまえが身請けするのか。おまえみたいな男が身請けして、年端もいかぬお美代に何をさせるつもりだ」

「何をさせるも、かにをさせるもこっちの勝手だ。若造、気になるならおめえも身請けしてやっていいんだぜ。おめえなら品川の陰間茶屋でいい値が付かあ」

団蔵は美代を引きずって姫に近寄り、土色にくすんだ顔を突き出した。

「臭い。側へくるな」

と、姫は顔をそむけた。

「図に乗りやがって。その可愛い顔を潰《つぶ》してやろうか」

団蔵は覆《おお》いかぶさるように姫を見おろした。

姫は少しもたじろがなかった。

「それとも坊主の代わりに、おれにひいひい泣かされたいか。ぐふふ……」

子分らがまた賑やかに笑った。

「おまえは馬鹿か。一日中そんなことを考えてすごしているのか」

「こなくそが。ちょいときやがれ」

団蔵が長い腕を姫の首筋へ、にゅうっと伸ばした。

と、その腕を市兵衛が両の掌でやわらかく押さえた。

「まあまあ団蔵さん、相済みませんことで。主人がご無礼を申しました」

市兵衛の痩軀が姫と団蔵の間に、すっと割りこんだ。

団蔵が飛び出た目を剝《む》いた。

「なんだてめえ。おう、おめえ、市兵衛じゃねえか」

「はい。先だって、熊野社の前でご挨拶させていただきました江戸の市兵衛でございます。世間の決め事もよく知らぬ若い主人が生意気を申しまして、お腹立ちはごもっともでございます」

市兵衛は深々と腰を折った。

「そうか、おめえ、この若造の家に奉公する下男だったな」

「さようでございます。ただ今は満願寺で栄心さまのお世話をさせていただいております。何とぞ、気をお鎮めくださいますように」

「市兵衛、勝手なことをするな」

姫が前へ出ようとする。

「栄心さま、無理を仰ってはなりません。団蔵さんは法度にはずれた事をなさっているのではありませんので」

市兵衛は姫を押し戻した。

「無理ねえ。世間知らずの若造にゃあ世の中のしきたりはまだ飲みこめねえわな」

「一本気な方ですので。ところで、お美代をこれからどちらへお連れで」

「ぐふふふ……おめえも気になるかい。この娘はな、貧乏な親の拵えた借金をわが身を売ってかえす親孝行者よ」

「なるほど。それは感心でございます。ですが、お美代は娘と申しましてもまだ童女と変わりません。こんな小さな童女を、むごいことでございますね」

美代は団蔵のごつい手に引かれ、しくしく泣いていた。

「むごかろうがなかろうが、親の拵えた借金だ。しょうがあるめえ。それよりおめえ、かめ屋に呑みにこねえじゃねえか。女房のおかめにな、満願寺に下男だがちょいといい男がきたと話したら、顔を見てえから呼べとうるせえんだ。初回の呑み代はおれのおごりだ。顔を出せ。いいな」

「ありがとうございます。女将さんによろしくお伝えください。それはそれとして、お美代を連れていくのは、今日のところは待っていただけませんか」

市兵衛は泣いている美代の頭を撫でた。

「ご存じの通り、お美代の父親は病で寝こんでおります。弟や妹はまだ幼く、年寄を抱えてこの一家は母親と小さなお美代しか働き手がおりません。お美代が連れていかれたら、借金をかえすどころか今に一家は飢え死にです。どうか可哀想なこの者らに温情をかけてやっていただけませんか」

母親は赤ん坊を抱いたまま、涙をこぼして見守っていた。

「温情だと。わけのわかった大人かと思ったら、つまらねえことを言うじゃねえか。いいか市兵衛、こいつら、お美代がいようがいまいが野垂れ死になんだ。こんなあばら家で食うや食わずに暮らすより、野垂れ死にの方が楽になるかも知れねえ。せめてこの娘っ子だけでも、おれが身請けして助けてやるんだぜ」

団蔵は美代の細い小さな手を乱暴にゆさぶった。

「お美代、おめえはな、これから品川というでけえ町へいき、綺麗な着物を着て、綺麗に化粧をして、旨い物を腹一杯食って、大勢のお客さんといいことをいっぱいするんだ。楽しいぞ」

美代が声を放って泣いた。

「そんなことはさせん」

姫が市兵衛の背中で叫んだ。

「うるせえんだ、おめえ。甘い顔したら付けあがりやがってよ。じゃらじゃら言うならおめえがこいつらの借金を背負うか。ええ、どうだ」

「よし。いいだろう。わたしが借金を払ってやる。いくらだ。金なら寺に置いてある。覚念、わたしの手箱から金を持ってきてくれ」

「ええ、栄心さま、い、いいんですか」

覚念が困惑してうろたえた。

「若造、金だけじゃあだめだ。今さら遅え。娘っ子の身請証文を取り戻したきゃあおめえの身請証文を持ってきな。おめえのなら役に立つ。おめえにな、ご執心《しゅうしん》の方がいらっしゃるんだよ、取りもてとな。ぐふふふ……」

団蔵はまた下卑た戯《ざ》れ言で姫をあしらった。

姫は唇を噛み締めた。

「いやか。いやならしょうがねえな。おう、みんないくぜ」

子分らが「へえ」と一斉に声を揃えた。

美代の泣き声が大きくなった。

「おかん、おかん……」

「お美代ぉぉ」

「お美代の手を離せっ」

姫が市兵衛の制止を振り切った。そのとき、

「お美代、とうちゃんを許してくれ」

破れ戸の傾きかけた柱に凭《もた》れて、父親が立っていた。

汚れたぼろ着の下に、骨と皮の痩せ衰えた身体があった。脇に老母と童子がいて、立っているのがやっとの男を支えていた。

「おまえに、頼むしかねえ。すまねえ。とうちゃんとかあちゃんは、もういい。ばあちゃんと、妹と弟らを、助けてやって、くれ。この通りだ」

父親は喘ぎながらお美代に掌を合わせた。

「おまえさん……」

母親が亭主へ振りかえって、顔をくしゃくしゃにした。

すると美代は泣くのを止め、

「おとん、いってくる」

と父親に言った。

妹と弟が美代の側に走り寄って泣き叫んだ。

「必ず帰ってくるから、それまで耐えて待ってろ」

美代は目頭を拭い、妹と弟に言った。

「ちぇ、とんだ愁嘆場《しゅうたんば》を見せてくれるじゃねえか」

団蔵が美代を引きずった。

「そうだ若造。娘っ子を助けたきゃあ、こういう方法もあるんだぜ。今夜かめ屋で賭《と》場《ば》を開く。おめえの身請証文と娘っ子の身請証文を賭けてみねえか。おめえが勝てば娘っ子と証文をかえしてやる。負けたらおめえも一緒にくるんだ。どうだい。面白えだろう。そうしたら娘っ子を助けられるかも知れねえぜ」

土色の蟷螂顔を歪めて、団蔵は市兵衛に目を向けた。

「のるかそるかの大勝負だ。わくわくするじゃねえか。市兵衛、そのときはおめえもきな。おめえの主人がどうなるか、見届けてえだろう。明日には品川から貰主がくるから機会は今夜だけだ。もっとも若造にそんな度胸はねえか。口は偉そうだがな」

団蔵は濁った笑い声をけたたましく響かせた。

美代は団蔵に手を引かれ、連れられていった。

団蔵らと美代の姿が林間の小道に消えた後、母親と子供らの泣き声と川の音と、鳥のさえずりだけが聞こえていた。

五

夕暮れの空に鳥の群れが飛んでいき、やがて夜の深い帳《とばり》が村におりた。

夜食の折り、膳を並べる覚念が市兵衛にささやいた。

「五ツに、栄心さまが本堂の前でお待ちになっておられるそうです」

市兵衛は驚かなかったが、まずいことになったと思った。

あの気性で一途に思い詰め、周りが見えなくなっている。

いかせるわけにはいかない。止めねばならん。だがどうやって……

市兵衛にもいい考えはなかった。

止められぬのならせめて刀を持っていきたいが、それもできない。

夜五ツ、本堂の前で姫が待っていた。

「遅い、市兵衛。いくぞ」

姫が張り詰めた口調を低く抑えて言った。

「栄心さま、本気で賭場へいくつもりですか。だめです。なりません」

市兵衛は姫の前に立ちはだかった。

「何を申す。いくのだ。付いてまいれ」

「賭場がどういうところか、わかっておられるのか」

「わたしは子供のころから中間《ちゅうげん》部屋の賭場で遊んできた。賭場がどういうところかぐらい知っておる」

「相手はやくざですぞ。中間の手慰《てなぐさ》みの賭場とは較べ物になりません」

「出かけるのは止めはせぬと、言ったではないか」

「負けたらどうなさるつもりか」

「さいころ博打でわたしは中間に負けたことがない」

「それは中間らがお転婆《てんば》な姫さまを面白がって、花を持たせたのです」

「恐いなら付いてくるな。ひとりで十分だ」

姫は市兵衛を押し退けた。

庫裏の方から提灯を持った覚念が走り出てきた。

「栄心さま、市兵衛さん、わたしもお供します」

と、提灯の明かりに昂揚した目を輝かせた。

「覚念さん、あんたもだめだ。子供のいくところではない」

しかし市兵衛は、いくしかなかった。


賭場は、村で唯一の旅籠で酒場であるかめ屋の、調理場奥にある四畳半と八畳が二間続きの座敷で開帳になっていた。

襖を取り払った二間に盆筵《ぼんむしろ》が敷かれ、二十人を超える客が丁半わかれて、駒札の鳴る音や喚声や溜息も賑やかに張り合っていた。

客は近在の百姓や在郷の商人、旅籠の泊まり客らで、女の客もいた。

煙管《きせる》と蚊遣りを焚《た》いた煙が、座敷をもうもうと包んでいた。

四畳半の一画に酒と食い物が用意され、客は中座して呑み食いすることができた。

団蔵の女房で、大年増の女将のかめが酒屋の太左衛門相手に、そこで酒を呑んでいた。

長煙管を持った団蔵が丁側真ん中の座を占め、盆筵を見渡していた。

数本の蠟燭《ろうそく》立てに灯る明かりが、団蔵のきょときょとした顔をいっそう土色にくすませていた。

半側に中盆と白い晒しに下帯だけの壺振りが場を取り持っている。

「入ります」

壺振りが二つのさいころと壺笊《ざる》をかざし、ぱらぱらっとさいころを入れ、ぽんと白い盆筵へ落とす。

「さあ張った張った」

中盆が、丁側半側双方の客を煽《あお》った。

丁、半、の声とともに駒札がかちゃかちゃと鳴った。

「丁半揃いました。勝負っ」

壺振りが壺笊をさっと払った。

「さんぴんの丁っ」

中盆が呼びあげ、どっと客が沸いた。

そこへ団蔵の手下が姫と市兵衛を案内し、団蔵へ心得顔に目配せを送った。

駒札が賑やかに集められる中、団蔵が長煙管を掲げ、

「おう市兵衛、待ってた。怖気付《おじけ》いてこねえんじゃねえかと心配したぜ」

と、尖《とが》った顎《あご》と唇をだらしなくゆるめた。

客らが新顔の姫と市兵衛へ一斉に振り向き、若衆姿の姫の清冽《せいれつ》な風貌に、「おお」とどよめいた。

かめと太左衛門が、盆筵へ導かれていく姫と市兵衛を唖然として見あげた。

姫の登場は、この薄汚れた歓楽の場にはあまりにも不釣合いであった。

「栄心さん、こちらへ。賭場へきたらあんたもお客だ。昼間のご無礼は水に流して心ゆくまで楽しむこった。丁半、どちらへつきやすか」

「おまえと張り合うのだ。半でよい」

姫は即座に、しかし事もなげに言った。

「半でいいんで? 今夜は半の付きがよろしくありやせんぜ。ぐふふふ」

団蔵は長煙管で盆筵を叩きながら笑った。

「お客さん方、こちらの麗《うるわ》しい若衆と男っ振りのいい兄さんにちょいと座を譲っていただけやすか。実は若衆があっしに差《さ》しの勝負を挑んでめえりやしてね。不肖《ふしょう》団蔵、勝負を挑まれて逃げるわけにはめえりやせん。どうかひとつ」

差しの勝負と聞いて、客たちがまたどよめいた。

壺振りの隣の座が譲られ、市兵衛と姫が半側へついた。

「あんた、面白そうだね。この勝負、あっしにやらせておくれな」

「なら、わしも遊ばせてもらおうか」

かめと太左衛門が立ちあがった。

「おめえがやるかい。かまわねえよ。やってみな。旦那さんもどうぞ。おい、駒札を持ってきてくれ。こっちと、それからお客の方々にもな」

「わたしは駒札などいらん。これでやる」

姫が懐から数枚の小判と折り畳んだ証文らしき書状を出し、膝の前に並べた。

「お望みの証文だ。約束は守る。おまえも守れ」

市兵衛は姫の度胸に呆れた。

団蔵は、けたけたと裏がえった笑い声を賭場中にまき散らした。

長煙管で膝をぽんぽんと叩き、腹をよじった。

「何がおかしい」

「ぐ、ふふふ……すまねえ。気に入った。市兵衛、おめえの主人は顔に似合わずてえした度胸じゃねえか。こっちはこれだ」

団蔵が美代の請証文を見せびらかし、かめに渡した。

「おかめ、おめえが若衆と差しで受けてやれ」

「任せておきな」

眉を剃った顔に白粉《おしろい》を塗りたくり、真っ赤な唇の奥に鉄漿《おはぐろ》を光らせたかめは、嫣然《えんぜん》と姫を見つめた。

市兵衛と団蔵、姫と女将のかめが盆筵を挟んで向き合った。

太左衛門はかめの隣へ座り、好色めいた眼差しを姫に向けてきた。

「本当にうっとりするような器量よしだ。兄さんが小判なら、あっしもこれで、ふふん、受けさせてもらうよ」

と、財布から小判をつまんで、請証文の上にじゃらんとまいた。

「なら、おれと市兵衛だな。やってやろうじゃねえか。おう、始めろ」

団蔵が中盆を促した。

「お客さん方、お待たせいたしやした。では勝負を続けやす」

中盆が仕切った。

近ごろ村で評判の若衆とかめ屋の女将の差しの勝負が加わって、場はさらに盛りあがった。

「入ります」

壺振りがさいころと壺笊をかざした。

ぱらぱら、ぽん……壺笊がすっと前へ滑る。

「さあ、張った張った」

誰もが姫の手元を見つめ、駒札をすぐには張らなかった。

「張った張った、どうした、張った張った」

中盆の声が流れる。

姫が一枚の小判を無造作に置いた。

「兄さん半だね。じゃ、あっしは丁」

かめが小判で受けた。すると盆筵に丁半の声が勢いよく飛び交った。

市兵衛も駒札を半に張った。

姫の美しい横顔がまっすぐ前を見ている。

「丁半揃いました。勝負っ」

壺笊が開いた。

「しっちの半」

四と一の賽《さい》の目に、わあぁ、と半側が勢い付いた。

団蔵は負けても、にやにやしながら煙管でこめかみをかいた。

「続いて入りやす」

中盆が騒がしい場に調子のいい声を響かせた。

壺振りが壺笊とさいころをかかげ、ぱらぱら、ぽん。

また壺笊をすっと前へ滑らせる。

「張った張った」

丁半の声が飛び交う中、姫は同じく小判一枚を無造作に置いた。

「勝負っ」

壺振りが腕を払った。

「出ました、ぐにの半」

うわあ……

半側はますます勢い付き、市兵衛の前にも駒札が積まれた。

「兄さん、お上手だこと」

かめがゆるゆると手を叩き、鉄漿を口一杯に剝き出した。

はあ、と団蔵は大袈裟な溜息をついた。

「さすがは栄心さん、つきを運んできやしたね。請証文はまだ出やせんか」

「出してほしいのか」

姫が団蔵へ顔を向けた。

「そっちが気になっているんじゃねえかと、思ってね」

「気になっているのはおまえだろう。心配するな。賭けるときはわたしが決める」

「さようで。お好きなように」

姫は団蔵から顔をそむけた。

勝負はそれから半が三度続いた。

そのころから丁半両方の客がそわそわし始めていた。

六度目、また四三の半が出た。

盆筵を仕切る中盆が額の汗を拭った。

姫は一両ずつ半に張って、六度続けて勝っていた。半が続きすぎる。

賭場が、こんなことがあるのかというような奇妙な気配に包まれた。

団蔵とかめ、太左衛門の三人が、姫の仕種に眼差しをねっとりと絡ませていた。

壺振りが大きく息を吐いた。

そろそろ丁の目が出るんじゃねえか。

誰もがそう思っていた七度目——

「入ります」

と中盆が声をかけ、壷振りがさいころと壷笊を交差させた。

ぱらぱら、ぽん……壷笊を盆筵の真ん中へ滑らせた。

そのとき姫の長い指が、小判ではなく証文を取って無造作に投げた。

「半」

姫が初めて、平然と口にした。

中盆の、張った張った、と客を促す声が少しかすれたように聞こえた。

半側の客がこの妙な若衆のつきに乗らずにいられず、半、半……と続いた。

「丁」

かめが美代の請証文を張って、不気味に笑った。

「きたきた。今度こそ大勝負だ」

団蔵が気を昂《たかぶ》らせて、膝を煙管で二度三度と叩いた。

「どなたさんも、よろしゅうございやすか」

中盆がこれまでと違うことを言った。

「丁半揃いやした。勝負だっ」

壷振りが咳払いをし、一瞬の間を置いた。

みなが息を飲んで壺を睨んだ。すると、ころ……

その沈黙の底でかすかな気配が動いた。

うん？――市兵衛は心気を澄ました。

そして団蔵を睨んだ。

壺に気を取られている団蔵の顔が北叟笑《ほくそ》んでいる。

「ぴんぞろの丁」

中盆が声を張りあげた。

ええっ、うわあ、ありゃあ、と丁半両側に歓喜と落胆が入り交じった。

「おかめ、でかした。栄心、おめえの身体はたった今からおれのもんだ。この家から二度と出られねえぜ」

団蔵は長煙管を安寿姫に突き付け、声を荒らげた。

けけけ……と、かめがけたたましく声を響かせた。

姫は平然と顔をそむけたままだった。

「団蔵さん、ご冗談は困ります」

市兵衛が団蔵を静かに制した。

「何だと。しゃらくせえ野郎だ。てめえはすっこんでろ」

団蔵は勝負が決して、もう下手には出ていなかった。

「あんた、この子は今夜はあっしの好きにさせてもらうよ」

「おう、好きにさせてやる。たっぷり可愛がってやれ。誰か、若造を連れていけ」

子分らがぞろぞろと賭場に現れた。

さりげなくすっと、市兵衛は姫を差したままの団蔵の長煙管を奪い取った。

団蔵が、ああ？　という顔になった。

「団蔵さん、これは何です？」

そう言って、煙管の細い吸口をぴんぞろの目を出した二個のさいころの間へ突き立てた。長煙管が盆筵をぶすりと貫き、深々と刺さった。

床下から、ぎゃっと短い悲鳴があがった。

「団蔵さん、この仕掛は穴熊ですね」

盆筵と下の床に二、三寸の穴を開けておき、その上に白布をかぶせる。床下にもぐった者が蠟燭をかざし白布を通して賽の目を読み、針で賽の目を変える。

穴熊という、粗暴ないかさまである。

団蔵とかめの開いた口がふさがらない。

太左衛門は肩をすぼめ、固まっていた。

「みなさん、ここに穴が開いていて床下から賽の目を変えることができるのは、ご存じでしたか」

市兵衛が長煙管を抜いて客へ見せた。

客たちは目を見張り、ざわついた。

「こなくそ」

最初に飛びかかってきた壺振りの腕を巻き取り、相手の勢いを利用して片手一本で投げ捨てた。

壺振りは悲鳴とともに四畳半へ飛んでゆき、酒や料理をめちゃめちゃにした。

すかさず翻《ひるがえ》り、後ろから飛びかかる中盆の顔面へ掌底《しょうてい》を浴びせた。

中盆はがくんと首を後ろへ折って、盆筵に大の字を書いた。

「ぶっ殺せ」

誰かが叫び、子分らが束になって襲いかかってきた。

二尺はある団蔵の長煙管は、丈夫で手ごろな得物だった。

市兵衛が縦横無尽に振るう長煙管の痛打を浴びて、子分らは転がり、うずくまり、くるくると独楽《こま》のように舞った。

部屋のそこここに呻《うめ》き声と泣き声が散らばった。

匕首《あいくち》をつかんだ男の腕をぼきりと鳴るほどねじりあげた市兵衛が、

「団蔵さん、冗談はそろそろ止めにしませんか」

と団蔵に言うと、団蔵は盆筵の側から動けず、口をぱくぱくさせた。

「あんた、何とかお言いよっ」

かめが団蔵に嚙み付いた。

「あ？　ああ、だ、誰だ、こんな仕掛を拵えやがったのは」

われにかえった団蔵が、転がっている子分らを見廻した。

客たちは部屋の隅に固まって成りゆきを見守っていた。

「おめえか、こんなことをしやがったのは」

団蔵はようやく起きあがった中盆の頭をはたいた。

そのとき、それまでぴくりとも動かなかった安寿姫が小判と請証文を懐に仕舞い、すっと座を立った。そしてかめの前へ進み、手を差し出し、

「お美代の請証文を寄越せ」

と、落ち着き払って言った。

かめは姫と市兵衛を交互に見あげ、それから鉄漿を剝き出して愛想よく笑った。

「はいはい、にいさん、これですね。どうぞお持ちなさいやせ」

姫は美代の請証文を無造作に鷲《わし》づかんだ。

「団蔵、お美代はどこにいる」

「廊下の奥の納戸《なんど》部屋だ。勝手に連れていきやがれ」

団蔵は動揺が治まったのか、不貞腐《ふてくさ》れて言った。

「市兵衛、ついてまいれ」

市兵衛がねじっていた男の腕を離すと、男はどさりと倒れた。

六

廊下の後ろから、残りの子分らが恐る恐るついてきた。

「お美代、お美代……」

しかし姫は納戸部屋の襖を開けたとき、言葉を失った。

狭い納戸部屋には、美代のほかに七、八人の幼い娘たちの怯えた目があった。

姫は市兵衛へ振りかえった。

「これはどうしたことだ」

「みな、お美代と同じ境遇の、近在の娘らです」

「市兵衛、みなを連れていくぞ」

「それはできません。今夜はお美代ひとりです。それしかできません」

「なら、ほかの娘らはどうなる」

「闇雲に何もかもはできないのです。無理を申されるな。お美代こい。家へ帰るぞ。もう借金の心配はない」

市兵衛は走り寄ってきたお美代の小さな掌を握った。

ほかの娘らの泣き声があがった。姫が動けなくなっていた。

「栄心さま。戻るのです。ぐずぐずなさるな」

市兵衛が叱咤《しった》した。

お美代の手を引いて廊下を戻ると、子分らがじりじりと後退《あとずさ》った。

姫がうな垂《だ》れてついてくる。

納戸に残された娘らの泣き声が耳から離れなかった。

かめ屋の酒場になった土間におりたとき、遠巻きにした子分らの後ろから覚念が提灯を提げて走り出てきた。

「栄心さま、市兵衛さん、お迎えにあがりました」

「覚念さん、きてはだめだと言っただろう」

「へへへ、きちゃいました。見ましたよ、市兵衛さん。凄かったあ。わたしは胸がすっとしました。お美代ちゃん、よかったね」

美代がこくりと頷いた。

覚念の元気な笑顔が尖《とが》った市兵衛の心気をなごませた。

「栄心さま、いきますぞ」

「市兵衛、おめえとんだ食わせ者だな。今夜のことは忘れねえぜ」

団蔵が土間続きの板敷に子分らに囲まれ立っていた。

般若《はんにゃ》のような顔をしたかめと太左衛門もいる。

市兵衛は踵をかえし、団蔵へ言った。

「団蔵さん、村を守るからこそあんたは番太でいられるのだ。こんな悪どいことを続け村人を苦しめていたら、遠からず身を滅《ほろ》ぼすぞ」

市兵衛の激しい言葉に、団蔵はたじろいだ。

覚念が提灯を灯して前を歩み、市兵衛と安寿姫が後ろをぐずぐずと歩いていた。

星空の下の暗い野は、蛙の夥《おびただ》しい鳴き声に覆われていた。

覚念の提灯の明かりに、羽虫がたかっていた。

姫は暗がりの中で首筋をかきながら、手を払って虫を追っていた。

「寺へ戻ったら、また虫刺されの薬を塗って差しあげます」

市兵衛は顔だけを姫に向けて言った。

美代を谷の一家の元へ送り届けた帰りの夜道だった。

けれども、これからあの一家はどうやって暮らしを立てていくのだ。

これまでの借金は帳消しだが、これからは……それを思うと気が重い。

「市兵衛」

姫が市兵衛の背中に言った。

「はい」

「田を耕し、米を作っておる百姓が、なぜあんなに貧しいのだ。娘らはなぜあんなひどい目に遭《あ》わねばならん」

野の道を歩きながら、姫は前夜と同じ問いかけをした。

姫の気性では問わずにいられないのだろう。

「栄心さま、田は田を耕す百姓のものではないのです」

市兵衛は背後の暗がりへ言葉を投げた。

「誰のものなのだ？」

姫が即座にかえした。

「諸国のすべての領地は、ご公儀やご領主のものなのです。百姓は、家に大病の者が出て薬を買わねばならなくなっても、領地である田を売って薬料に替えることができません。収穫が旱魃《かんばつ》などで思うに任せず一家が飢えに苦しんでいるときも、田を売ることは許されないのです」

姫は沈黙し、夜道の草を踏む足音だけが聞こえた。

「それゆえ」

と市兵衛は続けた。

「暮らしに窮《きゅう》した百姓が取る方法は、村の高利貸しにこっそり田を買ってもらうしかないのです。そうせざるを得ないのです。けれども高利貸しは、田を売ることが許されない百姓の弱みに付けこんで、田の代金を払う代わりに表向き田は百姓のものにしたまま、収穫の何割かを高利貸しへ納める取り決めをのませるのです」

「年貢のほかにか」

「そうです。公が四、民が六のところが、公七民三、あるいは公八民二にさえなるのです。百姓は郡代や代官へ年貢を納め、さらに村の富豪や高利貸しへも収穫を差し出さねばなりません」

「郡代や代官は、なぜその無法に気付かぬ」

「気付いております。気付いていても見ぬ振りをするのです。領地はご公儀やご領主のものであっても、暮らしに窮した百姓に村を捨てて逃散《ちょうさん》されては領地の営みが崩れかねません。それよりは百姓が高利貸しに縛《しば》られている方が、年貢を取り立てることができますから」

「それでは、貧しい百姓はいっそう苦しむではないか」

「どの国のご領主もご公儀も、百姓より取り立てた年貢によって国を営んでおります。年貢さえ取り立てれば、貧しい百姓の苦しみなど誰が気にかけるでしょう。百姓から田を奪う高利貸しを誰が罰するでしょう」

「なら、百姓はどうすればいいのだ」

「わたくしはおよそ四年、諸国を廻る旅をいたしました。どの領国でも多くの貧しく疲弊した百姓があふれ、百姓一揆が諸国のいたる村々で起こっております」

「百姓一揆？」

「百姓らが鍬《くわ》や鋤《すき》を手に立ちあがって、村の高利貸しや質屋、酒屋、醬油屋、領国近在の米問屋などを襲って打ち壊すのです。米を作る百姓には売る米も食べる米もないのに、富豪の米蔵には米俵が山のように積まれているからです」

姫の足音が止まった。

振りかえると、姫は夜道に佇《たたず》み呆然《ぼうぜん》と市兵衛を見つめていた。

「諸国に米が不足すればするほど米が値上がりし、富豪らはいっそうの富を得る。百姓らは止むに止まれず村の富豪や高利貸し、酒屋、醬油屋、質屋、そして米問屋を襲う。けれどもそれを鎮圧するのは領国の陣屋の役人たちです。しかし陣屋の役人はご領主の命に従っているだけです。但馬とてもそんな百姓一揆が起こっております」

「但馬でかっ」

姫は激しく問いかえした。

「年貢によって国を営んでおるなら、なぜもっと百姓を大事にせん。なぜ百姓を守ってやらぬ。わたしは……」

蛙の鳴き声がひとしきり高くなったかに思えた。

姫は言いかけた言葉を失い、うな垂れた。

仙石家の領国は但馬である。


旅籠かめ屋は、先ほどの賭場の騒動が収まり、気だるい静けさに包まれていた。

酒場になった土間では、市兵衛に痛め付けられた手下らが、酒を呑みながら傷の手当てをしている。

手下らは、めったやたらに強いあの下男に痛め付けられたことに消沈していた。

そのかめ屋の内証《ないしょう》に、団蔵と女将のかめ、それに太左衛門の三人が、一升徳利を置いて濁酒《どぶろく》を呑んでいた。

団蔵が喉を震わせて濁酒を満たした鉢を呷《あお》り、顎《あご》に滴《したた》る酒を毛深い手で拭《ぬぐ》った。

そして、

「くそっ。やつら、ぶっ殺してやる」

と、怒りを抑えきれず吐き捨てた。

「今夜のことは、おれあ生涯忘れねえぞ。必ず後悔させてやる」

太左衛門が鉢をちびりと舐め、上目遣いに団蔵を見あげた。

「栄心とかいうお小姓は、えれえ綺麗な若衆だったな。あいつに見られたら、身体がぞくぞくしたでな」

太左衛門が言ったのを、かめが鉄漿をのぞかせにやけた。

「いやですよ。旦那さんまで、お小姓好みでやすか」

「そうではねえ。ひょっとしたら、栄心は若衆ではのうて女ではねえか。わしには妙な気がしてならねえんだ」

「おんな?」

団蔵が訊きかえした。

「そう言えば、あの栄心、匂いがした。女の匂いがさ。吉原にいたとき、新造が大勢集まると、あんな匂いがしてたね。さっき、栄心が現れたとき、それがふっと匂ったのさ。あのときは気に留めなかったけど」

かめが太左衛門の鉢に濁酒をついだ。

「団蔵、満願寺の栄心は、何やら怪しかねえか」

団蔵が呆然と内証の煤《すす》けた天井を見あげた。

「あの市兵衛も、ただの下男じゃねえ。そうか、あの男、侍だ。侍じゃなきゃあ、あんな真似はできねえもんな」

団蔵がぶつぶつと呟いた。

「あいつら、素性を偽ったわけありではねえか」

太左衛門が言った。

「あんた、調べられないかい。あいつらをこのままのさばらしておくわけにはいかないだろう。あんたは村をあずかる番太なんだからさ」

かめが煽り立てた。

「そうだ。わしも村名主のひとりだで、このままにはしておけねえ。あいつら、村の疫病神《やくびょうがみ》だで。団蔵、なんぞ手は打てねえか」

「わかりやした、旦那さん。おれあ、明日、江戸へいってきやす。江戸に蟬丸という腕利きがおりやす。表向きは御師だが、裏の顔は物騒な手下らを一杯抱えて金さえ払えば、人探しも、人の始末も、何でも引き受ける恐え男だ。蟬丸なら栄心の素性を調べられやすぜ」

団蔵は濁酒の鉢にかぶりついた。雫が胸元に垂れるのも構わず、

「蟬丸に頼みゃあ、やつらの化けの皮を、剝がせやすぜ」

と、宙に投げた目を血走らせた。

第三章　霊験

一

仙石家の旦那《だんな》寺、三田大乗《みただいじよう》寺の松林で春蟬が鳴いていた。

四月になり、初夏の日盛りはまぶしく、境内に参詣《さんけい》の客はなかった。

山門から瘦せこけた柴犬が迷いこみ、蟬の声とまったりした午後の日差しのほかは人影もない境内を見廻すと、敷き詰めた砂利の臭いを嗅ぎながら手洗場へ進み、溝に流れる水を飲んで渇いた喉を潤した。

それから本堂の回廊の下をうろつき、本堂裏手へとさ迷い出た。

瘦せ犬はそこで、網代の引き戸がある二台の乗物と黒看板の陸尺《ろくしやく》や中間《ちゆうげん》、羽織袴に刀を帯びた家士らが、本堂裏手の階段にかけたり思い思いに屯《たむろ》しているのを見た。

乗物の向こうに、奥の院の甍《いらか》が、涼しげな木陰の下に静まりかえっていた。

乗物の臭いを嗅ぎにいった痩せ犬は、恐ろしげな顔をした陸尺に追い払われた。二声三声吠えたものの、人が相手では仕方がない。痩せ犬は垣根の間を抜けて奥の院の回廊へ近付いていった。

くたびれたし蟬の声がうるさかった。そのうえ空腹だった。喉は潤したけれども、昨日から満足な食い物にあり付いていなかったのだ。

痩せ犬は回廊の下へもぐり、日差しを避けた。

ひやりとした地面にうずくまって、ひもじさと孤独に堪えた。

すると、奥の院の床下から人の奇妙な声が聞こえてきた。

泣いているような、笑っているような、呻いているような、陰々とした声だった。

痩せ犬は頭を少し持ちあげ声のする方へ耳をそばだてたが、すぐに関心を失い、頭を前足の中に埋めて蟬の声を聞いた。

その奥の院の一室にも、境内の木々で鳴く蟬の声が流れていた。

襖《ふすま》が開け放たれ、隣室の座敷の向こうに境内に繁る緑の木々と初夏の白い光が見えていた。

「浅野の親子が、何としても邪魔じゃ」

寝乱れた薄衣一枚をつくろいもせず褥《しとね》に横たわった徳の方が言った。

「わかっております。夏が終わるころにはすべてが落着しておりましょう」

仙石家江戸家老大泉義正が同じ褥に胡座《あぐら》を組み、枕元の煙草盆《たばこぼん》の刻みを銀煙管に詰めながら応えた。

大泉は同じ薄い肌着の胸元を寛げ、汗ばんだ肌を乾かしていた。

「安寿の行方は、まだつかめませぬか」

「懸命に探っております。ほどなくよき知らせが届くはずです」

「と言うて、あの小娘が行方をくらましてひと月がすぎてしまいましたな」

「焦《あせ》られますな。拙速は禁物ですぞ。仮に……」

大泉は煙草盆の種火を火皿に点《つ》けて、煙管を吹かした。

煙が生ぬるげになびいた。

「姫が見つからなくとも、浅野親子を倒せば浅野派は根枯れをするように力を失い、姫の始末などそれからでも遅くはありません」

「ならば早くなされ。九鬼《くき》と姫の婚儀がなってしまえばすべては水の泡。下屋敷の浅野派など、わずかでありませんか。なぜ一気に殲滅《せんめつ》できませぬ」

「無理を申されますな。ここは国元ではなく江戸ですぞ。藩内のごたごたが公儀にもれれば大目付が動き出してやっかいな事態になりかねません。また仮にも重役の浅野が斬られたとなれば、国元の殿さまも黙ってはおられますまい。事は慎重に運ばねば」

大泉は吐月峰《とげつぽう》に吸殻を落とした。

「わらわにも一服、点けてくだされ」

大泉は黙って銀煙管に刻みを詰め、火種を点けて一度吹かした。

それを徳の方へ手渡し、訊いた。

「京極《きょうごく》家からは何か言ってきておりますか」

「どうなっておると……今少しじゃと、返辞をしました」

徳の方の肉付き豊かな真っ白な素肌が、薄衣の下で妖艶にゆれた。

煙管を取り、しどけなく横たわったまま紅の落ちた唇に咥《くわ》え、頬をすぼめた。

「豊岡《とよおか》では兄が気をもんでおろうな。そなたが悠長に構えておるゆえ大泉どのは大丈夫なのか、とも」

そして厚い唇を吸口にまた粘つかせ、さらに一服、ねっとりと頬をすぼめた。

「何と返辞をなされた」

はあ、と煙を吐いた仕種までが匂うようである。

「気になりますのか。ほほほ……」

徳の方が妖しげな笑い声をはじけさせた。

「わらわに夢中じゃ、虜《とりこ》じゃ、と言うておきました」

「埒《らち》もない」

大泉は苦笑を浮かべた。

仙石家当主仙石直通の正室徳の方は御年四十一歳の女盛り。一方、江戸家老大泉義正は、代々藩の家老職を務める大泉家を継ぐ俊英と評判の二十九歳である。

このような埒を越えた密会が始まったのは、徳の方がわが子である嗣子《しし》久松《ひさまつ》君を疱《ほう》瘡《そう》で喪《うしな》った五年前からであった。

なぜに、何があって、とそのような詮索は今さら無益である。

徳の方が久松君の月の命日に大乗寺の墓前へ弔う折り、当時はまだ江戸勤番侍であった大泉は、徳の方の乗物に必ず随行した。

それからのことはまさに、大泉と徳の方のみぞ知る人の世の理《わり》ない事柄であろう。

いずれは家老職を継ぐ家柄と約束されていたとはいえ、三年前、大泉が二十代半ばすぎの若さで江戸家老職に就いたことは、家中のみならず諸侯の間でも驚きを持って迎えられた。

異例の早い出世であり、以来、大泉は徳の方の力を後ろ盾に辣腕《らつわん》をふるい始めた。

ただ、久松君を亡くしてから、徳の方の心のありようの何かが変わった、あるいは崩れたという思いが、大泉の存念の片隅にはわだかまっていた。

「奥方さまは事を強引に運びすぎます。蟬丸に安寿姫を襲わせるなど、あまりに無謀ゆえ却《かえ》って事を難しくしたのです」

大泉は五年前の、徳の方の泣き崩れる姿を思い出しながら言った。

「あの卑《いや》しき者ら、口ほどにもない」

徳の方が銀煙管を煙草盆へ、からんと投げ捨てた。そして、

「政《まつりごと》は戦《いくさ》です。戦は巧遅よりも拙速を旨《むね》とすべし」

と、潤んだ眼差しを大泉へ絡み付かせた。

「義正どのは若いのに臆病なのです。大胆に事を進めなされ。危険を冒《おか》してこそ道は開ける。そういうものなのじゃ」

それから徳の方は、艶めかしく笑った。

「けれど、そんな臆病な義正どのが可愛い。のう、もう一遍……」

徳の方が大泉の肌着の裾に手を差し入れた。

え？――大泉は怯《ひる》んだ。

その午後、大泉は浅野久右衛門との会談を取り決めてあった。大泉の方から申し入れた会談だった。

「藩邸に戻らねばなりません。浅野がまいる約束になっております」

「浅野など、放っておけ。あの者ら、どうせ消えてしまうのでしょう」

それより、のう……と徳の方は熱い身体をすり寄せた。

「奥方さま、なりませぬ、奥方さま……」

春蟬が境内の松林で鳴いていた。


北町奉行所の廻り方同心渋井鬼三次と手先の助弥が、初夏の日差しがまぶしい神谷町は西の蔓の通りをだらだらとした足取りで南へ運んでいた。

結構な道のりじゃねえか、と渋井は鬼しぶの八文字眉をいっそう不景気に歪めた。

従う助弥が、歩きくたびれた顔付きを初夏の空へ投げた。

じっとり汗ばんだ首筋を渋井は指先で拭った。

富山町《とみやま》より神谷町に出た辻を南へ折れた表通りは、人影もまばらだった。

二人は通りを道なりに飯倉町へと抜け、三丁目にある熊野神社脇の熊野横町を目指していた。

ほどなく、仙石家藩邸の表門へ折れる小路があるはずである。

神田三河町の請け人宿《宰領屋》からひたすら南へ取り、この神谷町の通りまで歩き詰めて、さすがに着物の下がじっとりと汗ばんだ。

途中のお濠端の柳が、青々と燃えていた。

さくら川に沿って愛宕《あたご》下広小路をすぎ、芝の時の鐘がある切通しを抜けた。切通しから飯倉町二丁目と三丁目の四辻へ出るのが熊野横町への近道だが、渋井はわざわざ神谷町を通る遠回りの坂道を取っていた。

およそひと月前、六本木の通りで仙石家の乗物を襲った御師らしき賊の一味を、渋井は今も追っていた。

賊が残した三つの死体のうちのひとつが、助弥の昔の顔見知りである軍次という芝の地廻りだった。軍次は強請《ゆす》りやたかりをやる破落戸《ごろつき》で、五、六年前に姿を消して以来、消息が知れなかった。

「野郎、こんな一味に入ってやがったんですね」

と助弥は意外そうに言った。

ならば、軍次の足取りをたどっていけば賊の一味の手がかりがつかめるのではないか、と渋井は考えた。

探らせていた下っ引きのひとりから、軍次と思われる男の足取りがわかったという差口があったのは今朝のことだ。

下っ引きは神田多《た》町の読売屋の男だった。

渋井と助弥は多町の読売屋を訪ねた。そして、軍次が芝飯倉町は熊野横町の裏店《うらだな》に出入りしていたという話をつかんだ。

しかし渋井は、多町まできたついでに多町から目と鼻の先の三河町に構える、請け人宿《宰領屋》へ寄った。

宰領屋主人矢藤太の付け届けが滞《とどこお》っているので、「何かあったかい」とひと言ほのめかしておきたい魂胆がひとつ。だがそれより、ここんとこ深川油堀《ふかがわあぶらぼり》の喜楽《きらく》亭にも顔を出さない市兵衛が今どんな仕事に就いているのか、矢藤太に訊ねるためだった。

あんな貧乏面《づら》でもしばらく見ねえと気にかかってならねえ、と渋井は思った。

矢藤太は、鬼しぶにも劣らぬ不景気な作り笑いを浮かべ、

「これはこれは、渋井の旦那、本日はわざわざのおこしで。ひと声かけてくださりゃあ、こちらからうかがいやしたのに」

と、手をもんだ。

渋井は頬から顎にかけて少しやさぐれて見える矢藤太の細面《ほそおもて》を見ると、なぜか憎まれ口をききたくなる。

矢藤太、元は京の島原《しまばら》の女衒《ぜげん》で、市兵衛が京の公家に仕えていたころ、ともに遊蕩した不良仲間だったらしい。

京生まれの京育ちだが、京見物に上っていた宰領屋の先代に腕と度胸を見こまれ、江戸へくだって十歳下の美人の出戻り娘の婿《むこ》に納まった。

それから数年、江戸の水がよほど性に合っていたか、今ではちゃきちゃきの神田っ子を嘯《うそぶ》いて宰領屋を切り盛りする妙な上方男《かみがた》である。

渋井はその矢藤太から、市兵衛は先月下旬より、神谷町に藩邸を構える但馬仙石家の浅野久右衛門という重役に雇われており、神谷町か宮益坂かどちらかの藩邸に勤めているはずと聞いて、ちょっと驚いた。

仙石家なら、渋井が今まさに追っているひと月前の襲撃の一件の仙石家ではないか。

意外な偶然に、渋井の好奇心が鎌首をもたげた。

去年の薬種問屋柳屋稲左衛門《やなぎやとうざえもん》の阿片《アヘン》密売の一件、内藤新宿《ないとうしんじゅく》の商人磐栄屋《いわさか》天外《てんがい》の地替えに絡んだ陰謀、そして年が明けた春、古河《こが》藩土井《どい》家と小網《こあみ》町の醬油酢問屋広国屋《ひろくに》の頭取がひそかに手を結んだ老舗《しにせ》乗っ取りと抜け荷の画策……

渋井が探索に当たる先々で、市兵衛がかかわる偶然が重なっている。

で、今度は仙石家かよ。市兵衛とは妙な因縁が続くぜ。渋井はつらつら思った。

そのため、軍次の足取りをたどって芝飯倉町の熊野横町の裏店へ向かう前、渋井は気まぐれに神谷町の仙石家藩邸前の廻り道を取った。

市兵衛とひょいといき合うんじゃねえか、とそんな気がしたのだ。

神谷町西の薹の石ころ道に、やわらかな白い光が降っていた。

痩せ犬が道端をうろつき、臭いを嗅いで廻っていた。

まばらな通りかかりは、みな急ぎ足である。

と、そこへ仙石家の表門へ折れる小路より、菅笠に淡い藍の羽織袴に拵えた小太りの士が、黒看板の中間《ちゅうげん》を従え通りへ現れた。

士の丸い背中が、足早に飯倉町の方角へ遠ざかっていく。

渋井は小路と通りの辻に立ち、小路の先の仙石家表長屋門を眺めた。

長屋門はぴしゃりと閉じられ、瓦屋根の上に樹木が淡い緑を繁らせていた。

痩せ犬が渋井の足元へ近付き、鼻を鳴らして嗅ぎ廻った。

助弥が、しっしっと痩せ犬を追い払った。

渋井は道の彼方に小さくなった士と中間の後姿を追いつつ、再びだらだらとした足取りを運んだ。

士と中間は表店の軒陰や荷車などの陰に見え隠れしながら、やがて飯倉町の四辻を榎《えのき》坂の方角へ折れるのが見えた。

渋井は、ふと気になってだらだらした足取りを速めた。

そうして四辻までくると、なだらかに曲がりつつ上る榎坂を見やった。

坂道に士と中間の姿はもうなかった。

だがそのとき、坂上の夏空の中に、深編笠の侍らしき姿がひとつ、ふらりと現れるのが見えた。

侍は坂の上にしばらくぽつねんと佇み、それから何かを追うように夏空の彼方へ消え去った。

「旦那、今のお侍に何か、心当たりがあるんで」

助弥が渋井の後ろから坂の上へ目を向けた。

「そうじゃねえ。ただ市兵衛じゃねえかと思っただけさ。まったく違っていたぜ」

渋井は坂の上にたなびく雲を見ていた。

「この野郎、まだついてきやがる。旦那、この小汚ねえ柴犬が離れやせんぜ」

「うん？　そのうち諦めていなくなるさ。いくぜ」

渋井は痩せ犬に構いもせず、歩き始めた。

二

芝熊野権現の北隣、熊野横町の裏店《うらだな》に、嗄《しわが》れた祈禱《きとう》の声が低く流れていた。

路地の井戸端で年配のかみさんがひとり、筍《たけのこ》を洗っていた。

路地奥に見える稲荷《いなり》の脇の一八《いちはつ》が、日差しの下で淡い紫の花を咲かせている。

渋井と助弥はどぶ板を鳴らさぬように、建物の軒下を祈禱がもれ聞こえる裏店へ歩みをしのばせた。そして店の壁に身を寄せ、祈禱に耳を傾けた。

……おほみこともちてわたらひのやまだのはらのしたついはねにたたへごとをへまつる……

嗄れ声の祈禱は何かの祝詞《のりと》をあげているようだった。

渋井は窓の竹格子の間から、薄暗い店の中をさり気なくうかがった。

目が薄暗がりに慣れると、狭い土間と板敷、板敷の奥の部屋に小さな祭壇が設《しつら》えてあり、祭壇の前に座った白い狩衣風の扮装《いでたち》の背中が見えた。

男が両手で巻紙を広げ、低い嗄れ声を店の中に澱《よど》ませていた。

祭壇の上には《伊勢皇大神宮》の文字を記した白布がさがっていて、蠟燭《ろうそく》が灯り、榊《さかき》が置いてある。

「見ろ。仙石家の行列を襲った賊は、伊勢皇大神宮の護符を持っていたぜ」

渋井は男の背中を見据えたまま、後ろの助弥に言った。

「そうだ、あれとおんなじでやす。あの男ひとりでやすか」

ひょろりと背の高い助弥が、渋井の頭の上でささやいた。

「たぶんな。留守番かもしれねえ」

渋井は呟いた。

「自身番へしょっ引いて、軍次のことを吐かせやすか」

「いや。もうちょっと確かめてからだ」

そう言って周囲を見廻し、それから路地を戻ってかみさんが筍を洗っている井戸端へ近付いた。

かみさんは常服の渋井と従う助弥へ頭をさげた。

「筍は今は味がいいころだね。甘辛く煮ると、酒の肴《さかな》にぴったりって感じがするねえ」

渋井はかみさんに話しかけた。

「ほんとに。お役人さま、貰い物ですけど沢山ありますからお持ちになりやすか」

「いいんだ、いいんだ」

渋井は手を振った。

「それよりおかみさん、知り合いの住むとこを探しているんだが、ここら辺で適当な空家はねえかい」

「空家でやすか。この店に空家はありやせんけれど……そうですね。表通りの岡村《おかむら》屋さんのお店の二階なら、間借りできるかもしれやせん。岡村屋さんは地主さんで、表店の裏の母屋にお住まいでやす」

「表店の岡村屋たあ、そこにある蕎麦《そば》屋かい」

渋井は表通りに蕎麦屋があったことを思い出し、路地の外を指差した。

「へえ。年配のご夫婦と息子さんの三人でお店を切り盛りしていらっしゃいやすが、三人だけじゃ夜が心細いから、お店の二階に間借りしてくれる適当な人を探しているって、ここの家主さんが仰《おつしや》ってやした。借り賃も安くできるそうですよ」

「借り賃が安いのはありがたい。なに、独《ひと》りもんの若い男なんだ。人柄はおれが請け合うが、若い男で懐《ふところ》が寂しい。あんまり店賃がかかるところはおれも勧め辛《づら》いんだ。それはいい話だから、ちょいと訊いてみよう」

「そうなさいやせ。お役人さまが請け合いやすなら、岡村屋さんも安心でやしょう」

そうそう——渋井はいきかけた足を止めて、今、思い出したみたいに言った。

「この町内で軍次って男の話を聞いたことはないかい。古い知り合いでさ。この数年会ってなかったが、先だって飯倉町で見かけたって噂を聞いてね」

「軍次さん？　聞いたことありやせん」

かみさんは疑いもせず、首を傾げた。

路地に祈禱をあげる低い声が、まだ聞こえていた。

「あの、祈禱の聞こえる店に人の出入りは多いのかね」

渋井はさり気なさを装った。

「清雅《せいが》さんとこですね。あそこはいろんな方が出入りなさいやす」

かみさんがさっきの店を指した。

「住人は清雅ってえのかい」

「伊勢神宮の御師さまです。伊勢神宮のお札を配っていらっしゃいやす。この店に住み始めてかれこれ三年になりやしょうか。ご自分でも伊勢へ旅をなさいやすし、伊勢や諸国からも御師さまのお仲間が入れ代わり立ち代わり出入りなさって、長い方はひと月以上もご逗留《とうりゅう》なさっていやすね。狭いお店ですけど」

「ほお、三年前から。毎日、お札を配って江戸中を廻っているのかい」

「信者のお宅に病人が出たときなど、招かれて病平癒のご祈禱をなさっているともうかがいやした。普段は、ああやって一日中ご祈禱をなさっておられやす。その軍次という方は御師さまのお仲間なんでやすか」

「いや、そうじゃねえ。わからなけりゃ別にいいんだ。噂を聞いただけで、詳しいことはおれも知らなくてね。邪魔したな」

渋井と助弥は、路地を出た。

岡村屋は通りに格子戸を開き、軒に半暖簾《のれん》をさげていた。

小奇麗な二階家で、べんがらの出格子の窓が表の通りを見おろしていた。

「あの窓からなら、路地へ出入りする者は見張れるな」

渋井は通りを斜向《はすむ》かいに横切りながら、岡村屋の二階の窓を見あげて言った。

「旦那、誰が間借りするんでやすか」

後ろから訊いた助弥へ、渋井はちらと見かえった。

「ふむ。おめえだよ。しばらく張りこんでもらうぜ」

「やっぱりな。そうじゃねえかと、思ってやした」

「思ってたかい。ふふん、察しがよくて助かる」

「けど張りこむとなると、ひとりじゃ十分に目配りできやせん。見張りと伝言掛にもうひとり、助手《すけて》が要りやすぜ」

「そいつあ、おめえがいいと思うやつを選んで雇え。手間賃ははずむ」

「承知しやした。任せてくだせえ」

渋井と助弥は岡村屋の暖簾をくぐった。

店は昼どきをだいぶ廻って、客の姿はなかった。

渋井と助弥は、衝立《ついたて》で仕切った座敷へあがった。

障子窓があり、窓から通り越しに路地の入り口の木戸が見渡せた。

木戸脇に手桶を積みあげた天水桶があり、さっきの痩せ犬が桶の周りをうろついているのが見えた。

年配の女が現れ、

「お役目ご苦労さまでございます。ご注文をおうかがいいたします」

と、常服の渋井へ腰を折った。

「盛りを二枚。それと冷を一本頼む。たっぷり歩いたから喉がからからだ」

「本当に、今ごろはまだしのぎよいですけど。これから暑い夏がくるかと思うと、先が思いやられます。盛り二枚に冷を一本でございますね。ただいま」

「それからな、ご亭主を呼んでくれるかい。ここの二階の間借りの件でちょいと話をしたい」

「おや、二階の間借りの件で。さようでございましたか。すぐ呼んでまいります。少々お待ちくださいまし」

女は一旦調理場へいき、徳利とぐい飲みを運んでくると、いそいそとまた調理場へ消えた。

助弥が酌をして、二人はぐい飲みをひと息に呷り、ふうっと溜息をついた。

そのとき何気なく見やった路地の木戸口に、三度笠に合羽《かっぱ》をからげ、腰には道中差しの旅姿の三人連れが立っていた。

先頭のひとりは遠目にも相当な上背を思わせる身体付きに裾端折り《すそはしょ》りの縞の着物と、にょきりと伸びた長い足が何かしら人離れした風体だった。後の二人は先頭の子分に見えた。

渋井は三人の様子に気を取られ、ぐい飲みの手を止めた。

三人が木戸口で話し合っているところへ、天水桶の周りでうろついていた痩せ犬が長足の足元へ近付いていった。

痩せ犬は黒い脚半を巻き裸足に草鞋を着けた長足の爪先を嗅いだ。

渋井はぐい飲みを傾けた。

途端、きゃあんっ、と痩せ犬の悲鳴が起こった。

木戸口へ視線をかえすと、道に転がった痩せ犬が走り去るところだった。

長足が何か毒づいていた。痩せ犬を蹴飛ばしたらしい。

助弥が窓の外へ顔を向け、ちぇっ、と舌を鳴らした。

「あいつら……」

助弥が窓の外を睨んだまま吐きすてた。

「あの足で蹴飛ばされちゃあ、堪らねえなあ」

渋井は呟いた。

長足と二人の手下は、路地へ入っていった。そこへ、

「これはこれはお役人さま、お役目ごくろうさまでございます」

と、長着に前垂れを着けた年配の亭主が女と一緒に現れた。

三度笠の三人は、路地のどぶ板を踏み鳴らした。

午後の日差しが日溜りを作る路地に、三人のほかは人影が途絶えていた。

祈禱をあげる声がまだ、狭い路地に続いていた。

先頭の背の高い男が、中から祈禱がもれる半開きの腰高障子の前で足を止めた。

「ここだ」

三度笠の縁をあげ、低い声を後ろの二人へ投げた。

薄暗がりに包まれた部屋の祭壇の前に、祈禱者の衣の白い背中が見えた。

男は長い手足を折り畳んで、狭い土間へのっそりとまぎれこんだ。

……あまてらしますすめおほみかみのおおまへにもうさく
はとりをみの……

と、白い背中の嗄れ声が続けている。

男は三度笠を取り、従う二人もそれに倣《なら》った。

「おとりこみ中、ごめんなさいまし。こちらは伊勢神宮の御師蟬丸さまのお出入りなさいます清雅さまのお店とうかがい、まいった者でございやす」

野太い声を背中に投げたが、嗄れ声は止まらなかった。

男と手下は祭壇の男が応えるのを待った。

……あらまつりのみやにもかくもうしてたてまつれとのるぅぅ、と嗄れ声を響かせた祭壇の男は祝詞を終え、巻紙を捧げ、神棚へ厳《おごそ》かに置いた。

続いて拝礼し、柏手を打った。

それからゆっくり膝を斜めに廻し、土間の三人へ血走った目と高い鷲鼻と尖った口元が烏のような、日焼けした顔を向けた。三人を見廻し、

「どなた」

と、不審げに問うた。

「あっしは荏原郡等々力村の団蔵と申しやす。村の番小屋に勤めさせていただいており、こいつらぁ、あっしの手の者でごぜいやす。本日は蟬丸さまにお目にかかり、少々お願いいたしたき儀がごぜいやして、等々力村より参上いたしやした」

団蔵は腰を低くかがめた。

「等々力村の団蔵さんか。知らんな。それに蟬丸さんは、ここにはおらんが」

男は不審を解かず、団蔵を睨《にら》んだ。

「へえ。ご不審はごもっともですが、決して胡乱《うろん》な者ではごぜいやせん。そちらさま

は清雅さまとお見受けいたしやす」

「いかにも。清雅ですがな」

「数年前、蟬丸さまが旅の途中、等々力村にお立ち寄りなさったことがございやした。その折り、あっしは蟬丸さまのご懇意《こんい》を得、蟬丸さまが人さまのご依頼を様々にお受けなさっているとうかがいやした。もし蟬丸さまに何ぞお願えする用があれば、江戸の御師清雅さまにうかがえばわかると、教えられておりやした」

「蟬丸さんが、旅の途中で」

清雅は頷き、座を立って板敷へ出てきて団蔵を見おろした。

白い狩衣の括《くく》り袴の裾から、筋張った裸足の足がのぞいていた。

「そういうことなら、いいだろう」

と、清雅は声をひそめた。

「蟬丸さんは、宮益坂の御嶽神社下に一軒家を構え、今はそこに仮住まいをしておられる。いけばわかる。ただし、同行の御師らとある重大な役目に就いておるゆえ、表立たぬ配慮をくれぐれもお願いいたす。おわかりか」

三

百人町から宮益坂へいたる石ころ道で、浅野久右衛門は菅笠の縁を心持ち差しあげ、定府大名松平家藩邸の西隣に構える仙石家下屋敷の門前に、人の気配をうかがった。

百人町の通りは、子供らの遊んでいる姿のほかに人通りは少なく、昼さがりの日差しが白い道筋に組屋敷の軒並の影を列ねていた。

門前に人の姿は見られず、久右衛門はわずかに安堵した。

安寿姫を等々力村の満願寺へお匿い申してから、下屋敷の周辺に怪しい人影が出没し人の出入りを見張っているようだと、倅の慶一郎が警戒を促《うなが》していたし、手の者からも同様の報告がもたらされていた。

怪しい人影は家中の者らではなかろう。

おそらく、正室徳の方一派の息のかかった無頼の輩《やから》に違いない。一月《ひとつき》前、六本木町の通りで安寿姫の乗物を襲った、御師を装った連中と同じ一味と思われた。

久右衛門は、淡い藍《あい》の羽織袴に拵えた小太りの老体に疲れを覚えた。

倅慶一郎に家督を譲り、そろそろ隠居をと考えていた矢先、家中に唐突な対立とお家騒動の不穏な煙が立ちのぼり始めたのだった。

すべては三年前、大泉義正が徳の方の後ろ盾を得て、江戸家老職に就いてからである。

今では、家中にひどく物々しく剣呑な気配が蔓延《まんえん》していた。

久右衛門は、お家の行く末を思うと気が重くなった。

間違いなく手を打っているつもりでも、どんな不測の事態が起こらぬとも限らぬ。

姫の襲撃があった後に国元へ頼んだ手勢はまだ到着せず、国元の出石で徳の方一派の動きが活発になっているという書状が届いたのみであった。

百人町の組屋敷地をすぎ、松平家と稲葉《いなば》家下屋敷の土塀が両側に続いていた。

屋敷内の樹林でのどかに小鳥がさえずっていた。

腰に木刀を差した黒看板の中間左平《さへい》が、挟箱を担《かつ》いで従っていた。

万が一、この騒動がご公儀の知るところとなれば、どんな処罰がお家に降りかかるか、知れたものではない。

だが、徳の方と大泉らは目的達成のためには手段を選ばぬところまで沸騰している気配だった。それが安寿姫襲撃という無謀にあの者らを走らせた。

愚かな……

己らの権勢を盾に、何という驕《おご》り高ぶりか。

このひと月、大泉と会談を重ねた。

表向きは、来春の安寿姫と九鬼家との婚儀の日取りについての会談だった。

だが、実情は交渉し落としどころを模索する段階はとうにすぎていた。

国元より応援が到着するまでのときを稼ぐ駆け引きだった。

大泉もそれはわかっているだろう。

ただ、鍵を握る安寿姫の行方がわからなくなったことが大泉らを慌てさせた。

会談は姫の行方がわからなくなってから、大泉の方から求めてきた。

「姫さまがあのような由々しき事態に遭われるなど、前代未聞のことでござる」

大泉と徳の方らは、安寿姫の襲撃が武家を狙った物盗りの類《たぐい》の仕業であろうという見方を、白々しくも取っていた。

家中にそれを真に受けている者などひとりもおらぬが、どれほど見え透いていようと、己らがそう言えばそれで落着できると、高を括っている。

「不測の事態を招かぬためにも、姫さまは上屋敷でおすごしいただいた方がよろしいのではござらんか。人手の少ない下屋敷では姫さまの身の安全が心許ないと、奥方さまはいたくご心配なさっておられる」

尊大な大泉に不快を覚えつつ、久右衛門は応えた。

「家中には、姫さまと九鬼家とのご婚儀に、よからぬ存念を抱く者らもいると聞き及んでおります。先日の姫さまのご行列襲撃の真相が明らかになるまでは、姫さまがご無事におすごしになられるように取り計らっておりますゆえ、ご懸念にはおよびませんん」

「姫さまのご行列襲撃の真相とはどういう意味だ。あれは夜盗の類ではなく、家中の者の仕業とでも？　ならばそれは誰だ」

「あらゆる不測の事態に備《そな》える必要がある、ということでござる」

「上屋敷の徳の方のお側では、姫さまのご無事が守られぬと申されるのか」

「姫さまの身をお守りいたすのはそれがしが御殿《おんとの》より命じられましたお役目。その役目を果たしておるまでのこと。どなたがどうと申しておるのではござらん」

「浅野どの、もしかして、姫さまは下屋敷におられぬのではないか」

「姫さまは、ご無事におすごしになっておられる」

久右衛門は繰りかえし応えるのみであり、会談はちぐはぐな平行線を辿《たど》った。

今日も、神谷町の上屋敷へ大泉との会談に出向いた帰りだった。

ところが大泉は、昼前、徳の方の大乗寺への弔いに随行したなり、まだ藩邸に戻っていなかった。

今日の会談は大泉の方より申し入れてきたにもかかわらずだ。

これ以上話し合っても無駄です、と血気盛んな若い慶一郎らは言う。

そうかも知れぬ。

「そうかも知れぬが、話し合いの糸口は断ってはならん」

と、久右衛門は慶一郎たちをなだめた。

「政《まつりごと》に結末はない。すべては次の政のための備えなのだ」

久右衛門は言ったが、若い慶一郎らにそれが通じたかどうか。

見方を変えれば、大泉と徳の方の強引さはあの一派のいき詰まりを表わしていた。

話し合いを断ち武力を用いるのは、最後の切り札だ。

その最後の切り札を切ったことが、大泉と徳の方の手を狭めたことになった。

もう後がない。

しかしこちらの弱みは、安寿姫をいつまでも等々力村の満願寺へ匿っておくこともできないことだ。

このまま睨み合いが続けば、今に武力衝突が起こりかねん。

落としどころは、まだ残っているのか。

ふと、久右衛門の脳裡に唐木市兵衛の姿がよぎった。

あの男――身分で生きる侍ではなく、と言って商人や職人や百姓でもなく、全く新しい人物の風貌を久右衛門に思量させた。

もしかしたら、あのような男が次の世を作っていくのではないか、という敬意に似た魅惑とその一方で胸騒ぎのする畏怖《いふ》を、久右衛門は覚えていた。

風の剣か……

久右衛門は呟いた。

「浅野さま、どちらへいかれます」

松平家との境の小路へ久右衛門が折れたので、後ろから左平が質《ただ》した。

「少し疲れた。裏門から戻る。慶一郎につかまると今日の首尾を訊ねられるに決まっておる。今は休みたい。慶一郎らには、おまえからそう伝えといてくれ」

「承知いたしました。お加減が勝《すぐ》れませんのか」

「そうではない。ひとりで考えることがある。それだけだ」

小路は松平家と仙石家の土塀の上へ伸びた屋敷林の影が、斑《まだら》模様を描いていた。

仙石家下屋敷の南隣は黒鍬《くろくわ》の者の居住地になっていて、小路のさらに先の八幡《はちまん》坂に金王八幡宮の鳥居があり、鳥居をすぎて百姓地の畦道《あぜみち》をゆけば渋谷川の堤道へ出る。

表通りの夏の日差しが遮《さえぎ》られ、小路には涼しげな静寂が立ちこめていた。

土塀が列なる両側の屋敷も、静まりかえっていた。

土塀の外の物音が邸内に聞こえることもほとんどないし、表通りの辻番からも死角になっていた。通りかかりもなかった。

久右衛門は涼しさにひと息ついた。

と――

そんな小路の先、八幡坂を深編笠の侍風体がひとり、あがってくるのが見えた。

小吏の黒鍬の者ではなさそうだったが、藩邸を見張る御師を装った不穏な一味とも見えなかった。

足取りに澱《よど》みが見えず、偶然通りかかった士に思われた。

侍は久右衛門に気付いたからか、松平家の土塀側を取り、仙石家の土塀側を進む久右衛門の左手を通りすぎる心づもりらしかった。

久右衛門は怪しまなかった。ただときがときである。ひと息ついた気を引き締め直し、一応の用心は怠らなかった。

近付いてくる侍は、小太りの久右衛門よりだいぶ大柄だった。

久右衛門の手前までくると深編笠の縁に手をあてがい、目礼をする仕種《しぐさ》を見せた。

深編笠がちらりと久右衛門へ向き、笠の下の影に輝く目があった。

久右衛門も目礼をかえし、侍とすれ違った。

浪人か……

と思ったとき、柄《つか》が、ちゃっ、と鳴った。

抜き放つ長刀が木漏《こも》れ日を照りかえした。

咄嗟《とっさ》に、久右衛門の身体が勝手に動いた。前へ逃げた。

その反射が、侍の抜き放った長刀がぶうんと半弧を描き襲いかかる一撃から、久右衛門の左腕に浅い傷を残しただけであばらを救った。

あつっ。

久右衛門は土塀に右肩を激しくこすり、それでも前へ逃れた。

走りながら抜刀し、翻《ひるがえ》った刹那、ぶうんと二の太刀が上段より打ちこまれた。

深編笠とためらいもなく打ちかかる一刀しか見えなかった。

侍はひと声も発せず、ただ吐息だけが聞こえた。

久右衛門は五十をすぎるこれまで、人を斬ったことも剣を交えたこともないが、神《しん》道無念流《とうむねん》の心得はある。

侍の一撃は速くは感じられなかった。

だが正確な打ちこみに、久右衛門は身体がすくみ凍《こお》り付いた。

左へ払ったと思った一撃が、久右衛門の身体をはじき飛ばし、一間ばかり宙を飛んで仰向けに転倒した。

久右衛門の刀は、空しく道に転がった。

見あげた侍の顔が深編笠の中で、人形のように白く見えた。

仮面か、と久右衛門は思った。

だがそれは仮面ではなく、まぎれもない死神の、心動かぬ相貌《そうぼう》だった。

手に受けた衝撃の凄まじい感触が残って、己が生きていると感じられることが不思議だった。

「狼藉《ろうぜき》っ、狼藉っ」

左平がけたたましく叫び、勇敢にも侍の後ろで木刀をかざした。

侍は振りかえりざま、上段から左平へ打ち落とした。

木刀が二つになり、片割れが木漏れ日の中をくるくると舞った。

左平が声を失い、震えていた。

「去れ」

侍が初めて、凛《りん》と通る声を発した。
斬らねばならぬ相手以外は斬らぬ、それが死神の仕事なのだと知った。
「左平、逃げよ」
久右衛門は命じた。
誰かきてくれぇぇぇ、と左平は叫びつつ表通りの方へ走っていく。
侍がふわっと身体を回転させ、上段に振りかぶった。
久右衛門はもう逃げなかった。逃げた背中に致命傷を浴びる恥辱が堪え難い。
これまで――久右衛門はぼんやりと覚悟した。
「名は」
久右衛門は穏やかに問うた。
「士分でござる」
死神が応えた。死神に相応しい厳《おごそ》かな物言いだった。
ぶうんと打ち落とされた。
見定める、と思った。刹那――
侍の長刀に火花が散り、鋼《はがね》が吠えた。
すると侍が久右衛門を残し、ざざざ、と後方へさがっていく。

何があったか、咄嗟にはわからない。
直後、黒い岩のような固まりが地を走り、侍へ突進していく。
だあぁ……
雄叫《おたけ》びが小路に響き渡った。
振り廻す長刀と長刀が、二合三合と打ち合った。
予期せぬ事態に侍は守勢に廻り、岩塊が繰り出す攻撃を右へ左へと防いでいる。
岩塊は黒羽織の身体がいびつに盛りあがった、童子《どうじ》のような小男だった。
わあわあ、と喚《わめ》いている。
久右衛門は目を見張った。
次の瞬間、侍が攻勢に転じ、黒羽織の一刀をはじきあげた。
黒羽織はよろけ、続く一撃をかわすために地を横転する。
久右衛門は小刀を抜き放ち、侍の背後に打ちかかった。
かえす一撃が久右衛門の菅笠を割り、額を打った。
目がくらみ、久右衛門はへたりこんだ。そのとき、
「食らえ」
と、黒羽織がひとつかみの土を深編笠へ浴びせた。

刹那のたじろぎへ、黒羽織は突きを入れる。

侍は身を舞わせ、突き突きと矢継ぎ早の攻めを鮮やかにかわし続けた。

だが、黒羽織の反撃はそこまでだった。

踏み止まった侍の薙いだ一撃が、黒羽織の突きを前へつんのめらせ、岩塊が松平家の土塀に衝突した。

黒羽織はそこで、ぐらりと崩れ落ちた。

侍は久右衛門へ振り向いた。そこへ、

「待てえっ」

ようやく辻番の番士らが喚きながら駆けてくる。

侍は深編笠の縁を持ちあげ、冷徹な一瞥《いちべつ》を番士らに投げた。

それから眉ひとつ動かさず、身を翻した。

と、驚くべき身軽さで小路を走り、またたく間に八幡坂をくだっていった。

足音もない鮮やかな進退に、久右衛門は不気味な幻影を見たかのような空虚に囚《とら》われた。

侍が消えた後、藩邸の裏門が開き、家士らが走り出てくるのが見えた。

「父上っ」

家士らの先頭に慶一郎がいた。

「賊はそちらへ逃げた。追え、追え」

駆け付けた番士らが叫びつつ、久右衛門の側を走り抜けていく。

土塀際の黒羽織が呻き、ごつい岩塊を思わせる上体を持ちあげた。

四

仙石家下屋敷の客座敷に、黒羽織に綿の縞袴を引きずる返弥陀ノ介が着座していた。

額には、土塀へしたたかにぶつけてできたこぶの上に膏薬《こうやく》が貼ってある。

茶菓が用意され、座敷の濡れ縁の向こうに西日を受けた樹木が輝いていた。

「失礼いたします」

と、声がして襖が開き、額に包帯を巻いた浅野久右衛門と慶一郎が笑みを見せ、立っていた。

久右衛門は羽織袴を、涼しげな単衣《ひとえ》の着流しに替えていた。

左腕にも包帯が巻かれているのだろう。

傷の手当てが済んで、今、改めて挨拶に現れたところだった。

慶一郎は、袱紗《ふくさ》の小さな包を載せた折敷《おしき》を両手に提《さ》げていた。

二人は南方に庭を見て、弥陀ノ介と向き合い着座した。

「改めまして。それがし、仙石家年寄役を務めます浅野久右衛門と申します。これなるはわが倅慶一郎です」

久右衛門と慶一郎が弥陀ノ介に対し青畳へ手を突いた。

「この度は危うきところをお助けいただき、重ねてお礼を申しあげます。返どのに自らの身の危険をも顧ずにお助けいただかずば、今ごろ、当屋敷ではそれがしの通夜の支度や上屋敷や最寄の各所、国元などへの知らせで大童《おおわらわ》でございましたろう。しかも返どのも傷を負われ、真に恐縮いたしております」

久右衛門が言い、慶一郎が言い添えた。

「わが父の危急をお救いいただきましたこと、どのようにお礼を申せばよいのか、言葉も見つかりません」

「どうぞ、顔をあげてくだされ。とにかく、ご無事で何よりでした」

弥陀ノ介が、顔をあげるよう二人を促した。

「恐ろしき使い手でした。今もまだ手の痺《しび》れが取れません」

久右衛門が顔をあげ、右手の震えを見せた。

「同感です。わたしは冥土をちらっと見てまいりました。幸か不幸か、冥土の亡者にもう少し後にせよと追い払われましたが」

弥陀ノ介は笑ったが、久右衛門と慶一郎は申しわけなさそうに眉を歪めた。

「傷は、痛みますか」

慶一郎が心配した。

「ご心配無用。この顔にこれしきの傷が付いたとて何ほどのことはありません。ご覧の通りの人も恐れる風貌、身体の頑丈さだけが自慢ですからな。はは……わたしなどより、お父上の傷を気遣われませ。ははは……」

慶一郎が「父上」と言葉をかけ、久右衛門が頷いた。

慶一郎は傍らの折敷から袱紗包を取って、弥陀ノ介の膝の前に差し出した。

「これは父の命をお救いくだされたことへの、われら親子の感謝の気持ちです。わずかではありますが、何とぞ、お収めくだされ」

弥陀ノ介は笑みを浮かべたまま、袱紗包を見おろした。

「稼ぎは、仕事の対価としていただきます。先ほどのことは仕事ではござらん。たまたま居合わせた。それゆえたまたまご助勢申した。侍ならば当然のことをしたまででござる。ゆえに、これはご辞退申しあげる」

「それはなりません。何とぞお収めください。ご無礼とは存じますが、このような徴《しるし》でしかわれらの気持ちを表わすことができず、もどかしく思っております。とは申せ、これは何としてもお収めいただかねばなりません」

慶一郎は譲らなかった。

弥陀ノ介は茶をゆっくりと喫し、折敷の菓子を白紙に包んで懐《ふところ》へ仕舞った。

「香ばしき茶と、この菓子をお二方の気持ちとしていただきます。甘き菓子は酒の肴《さかな》に合いますでな。これにて十分」

弥陀ノ介は袱紗包を慶一郎の膝の前へ押し戻した。そして、

「ところで、ただ今より役目を果たしたく存ずる。その役目を果たすことがわたくしの仕事なのです」

と、真顔になった。

久右衛門と慶一郎が顔を見合わせた。

「じつを申せば、わたくし、偶然あの場所に通りかかったのではござらん。わがお頭《かしら》の指図により、当お屋敷周辺を見廻っておったのです。結果としてお二方とこのような知遇《ちぐう》を得る事態になり、わが身分を隠してももはや意味がありませんので申し

あげます。わたくし、公儀小人《こびと》目付返弥陀ノ介と申す。お見知り置きを」

弥陀ノ介は頭を垂れた。

久右衛門と慶一郎が唖然とした。

小人目付とは、公儀十人目付支配下にあり、目付の指図に従い探索を主な役目とする、俗に隠密目付とも称される下僚である。

目付は旗本御家人を監察する役目を持つ。

ゆえに小人目付は、目付の手足耳目となり旗本以下を陰に陽に監視探索する、いわば実動部隊であった。

だが小人目付の役目は、旗本以下の監視だけではなかった。

目付は若年寄の支配下にありながら、参政の若年寄のみならず執政の老中までを監察し、さらに諸侯の城郭城塁の営繕、あるいは素行動向などにも目を光らせる職務を担《にな》っていた。

つまり小人目付は、目付の命を受け、老中のみならず諸侯までを隠密に探索する役割も果たしているのである。

その小人目付返弥陀ノ介が、職務によって下屋敷周辺の小路に居合わせた。

ということは取りも直さず、目付が仙石家の内紛を嗅ぎ付け、小人目付にお家の内情を探らせている事態を意味した。

公儀がわれらの動きに関心を抱いている。

浅野久右衛門と慶一郎が啞然としたのは、まさにそれゆえだった。

「お察しの通り、わたくしは役命によって仙石家の事情を探っておりました。誤解をなさらぬよう。今、仙石家の内情が火急にどうこうという探索ではありません。まず、お聞きくだされ」

二人は弥陀ノ介の話を聞きもらすまいと、身を強張《こわば》らせた。

「じつはわけあって、ある人物にわたくし事の関心があり、その者の暮らし振りを日ごろより気にかけておりました。そう、あくまでわたくし事の関心でござる。半月ほど前、その者がご当家に雇われ仕事に就いた。それもご当家というよりご重役の浅野どのという方に雇われたらしい、とわかり申した」

久右衛門が、「あっ」という顔をした。

弥陀ノ介は落ち窪んだ眼窩の底の目を光らせた。

「さよう。その者とは、唐木市兵衛のことです。市兵衛はわが友、そして今は名前を伏せさせていただくが、わがお頭の身寄りの者なのです。しかし市兵衛は、われらの役目仕事とは一切かかわりはござらん。市兵衛が浅野どのに申したこと、浅野どのが確かめられたであろう技量に寸分の嘘偽りも、曇りも決してない」

弥陀ノ介は念を押すように「重ねて誤解のないように申しあげる」と、頷いた。

「市兵衛はわがお頭の身寄りではあっても、お頭の指図に従って暮らしている者ではありません。あの男は己が選び、己で判断し、己の技量をつくして務めを果たすことに誇りを持ち、たったひとりでこの世を渡る、言わば、自在に吹く風のように生きる男なのです」

風のように……と久右衛門が訊きかえした。

「さよう。風はたとえ公方《くぼう》さまであっても思うようには吹かせられぬ。風は自ら吹き寄せ、ひとり吹き去る。市兵衛はそんな男なのです。何とぞご安心くだされ」

久右衛門と慶一郎はまた顔を見合わせ、それから弥陀ノ介に頷いた。

「だが、そんな風のような男だからこそ、友として、あるいは身寄りとしてはちゃんと暮らしておるのか気にかかる。飯は食っておるのか、病に冒されておらぬか、仕事はあるのか、と。ですから当お屋敷を調べ始めたのは、初めは仕事ではなかった」

弥陀ノ介は、節くれ立ったごつい手で膝をぽんと鳴らした。

「市兵衛がご当家に雇われたと教えられ、神谷町の藩邸を訪ね申した。ところがそのような者は知らぬとあしらわれました。それでこちらの下屋敷へまいり、浅野どのというご重役に雇われているはずと訊ねましたが、やはり同じ応えでござった。もしかして市兵衛が雇われたことは密か事か、と訝《いぶか》ったのはそのときからです」

と申しますのも――と弥陀ノ介は続けた。

「そのとき気付いたのです。当藩邸を外から誰ぞが見張っておることに」

久右衛門は腕を組み、目を弥陀ノ介との間の畳へ落としていた。

「誰がどこでどのように、という確証はござらん。だが、屋敷の周りをひと廻りすればおわかりになったはず。乞食《こじき》、行商、ご用聞き、勧進《かんじん》などと必ず出会いましょう。みな怪しき者らです。おそらく今でも変わりますまい」

慶一郎がわずかに膝を乗り出した。

「それでご当家に何か不穏な動きがあるやもと疑いを抱き、市兵衛が雇われたこともそれとかかわりのある密か事なのではと、思量いたしました。ゆえに、お頭に報告いたし指図を受け申した。ご当家の内情を調べ始めたのでござる。仕事として……」

久右衛門は、穏やかな眼差しを庭の立ち木へ流した。

「すると、二つのことがわかり申した。ひとつは、およそひと月前、ご当家のご息女安寿姫さまの乗物が上屋敷から下屋敷へ戻る途中、得体の知れぬ賊の襲撃を受けられましたな。表向きは夜盗、物盗りの類《たぐい》の仕業としておられるようだが、家中では誰もそんなことを真に受けてはおらず、姫さまのお命を狙った襲撃と言われておる」

弥陀ノ介は久右衛門の表情をうかがいつつ、続けた。

「今ひとつは、安寿姫さまが上下藩邸におられませんな。藩邸でなければどこにおられるのか、われらの調べた限りでは誰も姫さまの行方を存じておらぬ。しかも姫さまは当下屋敷におられることになっておる。これもまた表向きだ」

久右衛門の表情にわずかな笑みがあった。

「おそらく、浅野どのがそのような手立てを、取られたのでござろう?」

弥陀ノ介は市兵衛の笑顔を思い出した。そして言った。

「市兵衛は信頼の置けるわが友です。浅野どのが市兵衛をお雇いになったのは、市兵衛を信頼なされたからに違いあるまい。わたくしは先ほど、あの侍と刃を交え冥土にいきかけて戻ったとき、思ったのです。市兵衛が浅野どのに付いておるのであれば、わたくしも浅野どのに付かずばなるまいと」

弥陀ノ介は、にやりと骨張った相貌を歪めた。

「お頭にはおそらく叱られるでしょう。しかし、これが一番いい手立てではないかと思ったのです。それゆえわが身分を明かし、これまでわかった事をお二方にお話しいたしました。いかがです、久右衛門どの。あなたもお家の事情を話していただけませんか」

弥陀ノ介は額の膏薬に触れた。少し触れただけでもこぶが痛んだ。

「間違いなく、先ほどの侍は浅野どのの命を狙った刺客《しかく》です。ひと月前、安寿姫さまの乗物が賊に襲われたのと同じ理由で、浅野どのも襲われたのでござろう。賊や刺客を放った者がいるはず。一体何がご当家で起こっているのでござるか？　誰がなぜ、姫さまと浅野どのを亡き者にしようと企んでいるのでござるか」

慶一郎が、何か言いたそうに唇を噛《か》み締め、

「父上っ」

と、久右衛門に声をかけた。

「わたしのような小者が申すのも口幅《はば》ったいが、事情によっては、お力になれることがあるやもしれません。それにこれだけは言える。わがお頭は、諸侯の内情を暴き立てて諸侯をいたずらに咎《とが》め立てることなど、決して望んでおられない。今や、そのような時代ではないとお考えなのです」

久右衛門が弥陀ノ介へ穏やかな眼差しをかえした。

それから小さく、繰りかえし頷いた。

「返どのは唐木市兵衛どのと、ご親友であったか」

なるほどな——と久右衛門は呟いた。

「仰る通り、それがしは唐木市兵衛どのを信頼し、ある仕事をお頼み申した。あの男は、今もその仕事に就いており、あの男なら見事果たしてくれます。信頼していると言うより、むしろ惚れこんだと言うべきかもしれん」

久右衛門が笑みを浮かべ、感慨深げに言った。

「あの男、風のように生き、風の剣を使うか」

「風の剣を、ご存じでござるか」

「見ました。倅に試合を挑《いど》ませました。勝負にならなかった。強いとか、歯が立たぬとか、そんな言葉では言いあらわせぬ、わたしなどには到底わからぬ何かが違っておりました。市兵衛どののせいで、わたしの中にも少し風が吹いたのですかな」

ははは……

久右衛門は大らかな笑い声を、座敷から夏の庭へまいた。

同じころ、渋井鬼三次と手先の助弥は汐留《しおどめ》川に架かる新橋を渡っていた。

日は西にだいぶ傾いて、初夏の遅い昼さがりは幾分涼しささえ兆し始めていた。

日本橋から京橋《きょうばし》、新橋、さらに東海道へとつながるこの通りまで戻ると、武士や商人、老若男女、旅人、大道芸人に勧進坊主の唱《とな》える祭文《さいもん》、荷車に荷駄を積んだ馬子らが賑やかにいき交っていた。

「旦那、あの汚ねえ痩せ犬がついてきてやすぜ」

助弥がほんのりほろ酔いの渋井の背中に言った。

振り向くと、橋板がごとごとと鳴る新橋の欄干の側を、飯倉町の木戸口で三度笠の男に蹴飛ばされたあの貧相な柴犬が、通りかかりに蹴飛ばされないよう用心しつつ、よたよたとついてきている。

渋井は歩みを止め、柴犬の貧相な間抜け面《づら》を見おろした。

柴犬も渋井に叱られやしないかと、いじけて立ち止まった。

それでも哀れげに渋井を見あげ、尻尾を振って媚《こび》を売った。

通りかかりは、こんな汚い痩せ犬に見向きもしない。

「おめえ、ついてきちゃあだめだ。帰れ。しっ、しっ」

助弥が言った。

くうぅぅ。

雑踏の中で、柴犬は助弥と渋井を交互に見て小さな鳴き声をもらした。

ふん――渋井は目元をゆるめた。

柴犬は、渋井の足元へ恐る恐る近付き、雪駄と紺足袋の爪先を嗅いだ。

「おめえ、不細工《ぶさいく》な面《つら》だな」

渋井は柴犬を見おろして言った。

柴犬は渋井を見あげ、憐れみを乞うように尻尾を懸命に振っている。

「誰にも相手にされず、寂しいってか。腹がへって、ひもじいってか」

渋井は夏空の下の汐留川へ、ぬるい眼差しを投げた。

薪を積んだ川船が川面を滑ってゆく。

渋井は身体をかえし、ゆるく歩み始めた。

柴犬もまた、よたよたとついて歩く。

「いいんですか、旦那。ついてきやすぜ」

「しょうがねえじゃねえか。なあ、こいつの面ぁ見てると辛くなるしよ」

渋井は黒羽織の袖をなびかせ、また夏空を見あげた。

五

夜五ツ（午後八時）、鎌倉河岸の小料理屋《薄墨《うすずみ》》は、夏の涼しい夜に芳醇《ほうじゅん》な下り酒と京風料理を楽しむ客が、入れ床に毛氈《もうせん》を敷いた座を占めていた。

桐《きり》の小格子の引き戸を軒提灯のほの明かりが照らし、前庭の小笹をあしらった形ばかりの石畳の先に、縦格子の表戸がある。

戸は涼を取りこむために半ば開いている。

入れ床の衝立《ついたて》で仕切った座の間を、女将《おかみ》の佐波《さなみ》が料理と酒を運んでいる。

佐波は、二十数年前、京の料理人だった父親静観《せいかん》とともに江戸へ下り、十六の年から静観とこの鎌倉河岸で薄墨を切り盛りしてきた。

薄墨では、夏場に人気の冷酒は赤い波模様をあしらったぎやまんの器に入れて出す。

佐波が小紋模様の小袖からたおやかな白い手を差し伸べ、ぎやまんの器を摘《つま》んで同じぎやまんの 盃《さかずき》 に酒を差すと、客はささやかな色香に包まれなごむのだ。

佐波は、四十に手が届いた今でも界隈《かいわい》では評判の美人女将である。

店土間の奥に四畳半の座敷があり、そこも涼を取って襖が少し開けてある。

折りしも、座敷を隠す京嵯峨野《さがの》の景色を描いた衝立の陰に、片岡信正《かたおかのぶまさ》と返弥陀ノ介が銘々の宗和膳を囲み、盃を傾けつつひっそりと語り合っていた。

佐波はとき折り座敷へ目を配り、信正と弥陀ノ介の酒や料理を運ぶ以外は、語り合いの邪魔にならぬように気遣っている。

十人目付筆頭支配役を務める片岡信正は、麴町《こうじ》大横町から赤坂《あかさか》御門へくだる諏訪《すわ》坂に千五百石の屋敷を構える旗本である。

若くして片岡家の家督を継ぎ、はや五十を二つ三つ重ねたが、鈍い萌黄《もえぎ》の単衣に包んだ隆とした体軀は背筋が伸び、穏やかな明るい笑顔が十歳は若く見せている。

しかし信正は、未だ妻を娶《めと》らず子もなさず、家督を継ぐ養子縁組の話にも気乗りを見せず、親類一同の気をもませている。

信正はぎやまんの盃を旨《うま》そうに傾けた。

鎌倉河岸で新内《しんない》の二人連れが、唄声と三味線の音色を流していた。

遠い昔、薄墨の客になった信正が、佐波を見初め結ばれたのは、信正がまだ目付筆頭にのぼらぬ二十九歳の春であった。

それから長く儚いときが流れたが、それは二人の淡い諦めの、それでいて切ないほどに愛おしい歳月だった。そしてその歳月は今なお続いている。

信正は静かに、盃へ酒をそそいだ。

ほのかな笑みが、澄んだ水面に広がる波紋のようである。

弥陀ノ介は、お頭の笑顔と酒を旨そうに吞む仕種を見ているのが好きだった。

いずれおれは倒れるだろう、と弥陀ノ介はとき折り思う。

だがそのときは、できればこのお頭の指図の下で存分に働き、そうして力つきたい。

そう望むお頭に巡り逢えたことに、弥陀ノ介はひとり喜びを覚えている。

弥陀ノ介は言った。

「というわけで、浅野久右衛門はそこから先は、どうしても話しませなんだ」

「ふふふ……そういうものだよ。謀《はかりごと》を味方にすらもらさぬ。ときと場合によってはそんな冷徹さが、政《まつりごと》の頭に立った者には必要なのだ。浅野久右衛門が弥陀ノ介に礼を申しておるのも胸襟を開いたおぬしの言葉を信じるのも、間違いなく本心だろう。だとしても、政を行なう手立てと人の情《なさけ》とは別なのさ」

「真に。そういうものなのでしょうな」

「この手立てでいくと決めたら、それを貫き通さねばならん。己の情《じょう》にほだされ右往左往していては政はできぬ。浅野がそれ以上語らぬのは、政に携《たずさ》わる者としては至極当然のことだ」

「それゆえ市兵衛が、今どこで何をしておるのやら、結局わかりませなんだ」

「市兵衛はどうにかやっておるさ。心配はいらぬよ」

「それはわたしもそう思うのですが、あの男の顔を見ないと、どうも気にかかってなりません」

唐木市兵衛は、弥陀ノ介が惚れこんだこのお頭と十五、年の離れた実の弟である。

市兵衛は、先代片岡賢斎《けんさい》が四十二のとき、側室市枝《いちえ》との間に市枝の命と引き換えるかのようにして生まれた。

十三の年まで、旗本片岡家の末の倅才蔵《せがれさいぞう》として育った。

だが父賢斎が亡くなったのを機に、才蔵はなぜか片岡家を去った。母方の祖父唐木忠左衛門《ちゅうざえもん》の元で元服を果たして唐木市兵衛と名乗り、ひとり上方《かみがた》へ旅立った。

そのとき市兵衛に何があったのか、友の深い心の変化を弥陀ノ介は知らぬ。

ただ、己の内なる声に従った、と市兵衛から聞いたことがあるだけだ。

「まあ一杯つごう」

信正がぎやまんの器を差した。

畏《おそ》れ入ります——と弥陀ノ介は信正の酌を受けた。

けれども二人は何と似た兄弟であることか、と弥陀ノ介はそうも思うのだ。

それから二十四年の歳月をへて巡り逢うまで、兄信正と弟市兵衛は天と地ほどの隔たりある道を歩んだ。そうして兄弟は今、信正は公儀十人目付筆頭支配役として、市兵衛は渡りを生業とする名もなき浪人として生きている。

弥陀ノ介は盃を呷り、喉を鳴らした。

「お頭の首尾を、お聞かせくだされ」

ふむ――と信正は持ちあげた盃の手を止めた。

仙石家の下屋敷が得体の知れぬ何者らに見張られ、市兵衛の消息が秘密にされているらしいという弥陀ノ介の報告を受け、信正は、「念のためだ。一応、探ってみるか」と弥陀ノ介に言って、およそ半月がすぎていた。

弥陀ノ介は仙石家の上下藩邸周辺や、藩邸に出入りする者の訊きこみに当たり、信正は諸侯の間での仙石家の評判を探る一方、すぐに国元出石へ隠密に小人衆を送り、城下の動静を調べさせていた。

「出石よりの報告はまだだが、仙石家では但馬京極家より養子を迎える話が進んでおる、という評判が諸侯の間に流れておる」

信正は言った。

「京極家当主高賢《こうけん》どのには若君が二人おる。その七歳の弟君を仙石直通どのの養子に迎え、いずれ仙石家を継がせるという話だ。京極家豊岡藩は仙石家ご正室徳の方のご実家で、養子は徳の方の兄高賢どのの次男、つまり甥《おい》に当たる」

「養子？　とはどういう意味ですか。仙石家ではご息女安寿姫が来春、丹波《たんば》九鬼家のご当主ご舎弟孝利《たかとし》どのと婚儀をあげられ、孝利どのが仙石家を継がれる、というのが両家の間で取り決められていたのではありませんか」

「京極家から養子を迎える話は、江戸家老大泉義正が強力に推しておる。大泉は三年前、若くして江戸家老に抜擢《ばってき》され、養子の一件は大泉が江戸家老に就いてから浮上してきた話らしい」

「大泉義正どのは仙石家で代々家老職を継ぐ大泉家の後継と聞いております。俊英、利け者と評判が高うございました。ただ一方で、高慢で鼻持ちならず、徳の方といたく親密ゆえ家老職に就いたという、下卑《げび》た噂も流れておりました」

「じつはおれもその噂は聞いている。仙石家と九鬼家の縁組は嗣子久松君を疱瘡で五年前に亡くされた後、仙石直通どのの意向として進んできた話だった。しかし、徳の方は久松君を亡くされてから、ひどく変わられたそうだ」

信正は盃を口元へゆるやかに運んだ。

店土間から、客の賑やかな笑い声が聞こえる。

「安寿姫は直通どのの側室萱《かや》の方のお子で、直通どのがいたく可愛がっておられる。五年前、九鬼家との縁組が決まったとき、姫は十二歳。今少しときを置いてと両家で話し合い、姫は萱の方の元から正室徳の方のお子として数年後に九鬼孝利どのを迎えるため、江戸藩邸へ移られた。そうして五年がたち、来春の婚儀のときが迫っておる」

「徳の方は、どのように変わられたのですか」

「推量だが、わが子久松君を亡くされた徳の方は、わが血筋ではなく側室萱の方の血筋が仙石家を継ぐことが許せなかったのかも知れぬ」

信正は盃をひと口舐めた。

「徳の方は、丹波の九鬼家と縁を結ばれれば、萱の方の勢いが仙石家で増すであろう。ならばいっそご実家の京極家の血筋と結ぶべきだと考えられた。兄高賢どののお子を養子に迎え仙石家を継がせ、いずれは後見の立場として徳の方が家中に権勢をふるう」

「京極家は豊岡一万五千石。仙石家は出石五万八千石。京極家の血筋が仙石家を継ぐとなれば、京極家にとっても悪い話ではありませんな」

弥陀ノ介が言い、信正は頷いた。

「大泉義正は徳の方の後ろ盾を得て江戸家老に就き、京極家より養子を迎える策を推し進めておる。徳の方の意向をくんで、と思われる。それが功を奏すれば大泉の仙石家の立場はますます強固なものになるだろう。徳の方、京極家、大泉、三者の思惑に邪魔な存在が、安寿姫と、九鬼家との縁組を進める浅野ら仙石家の家臣ら……」

弥陀ノ介がうなり声をあげた。

「大泉が江戸家老職に就いてから、徳の方と大泉らの一派と浅野久右衛門らの勢力との確執が、水面下で続いていたのではないか。安寿姫と九鬼孝利の婚儀が来春に迫った今、それが確執から実力の行使へと情勢が進んだ」

「それが安寿姫の乗物襲撃と、昼間の浅野どのを襲った刺客ですか」

「だとしたら」

「何と生臭い。ご当主仙石直通さまのご意向は、安寿姫と九鬼家との縁組にあったのではございませんか？」

「いかに当主ではあっても、家臣らの趨勢《すうせい》には逆らえまい」

「だとしたら、安寿姫への襲撃はまだまだ続くということですな。そうか、だから姫の行方を敵のみならず味方にも隠し、市兵衛が姫をか。そうか、やっと合点がいき申した。あの男、またやっかいな仕事を受けおって。だが、市兵衛ならできる。必ずできる。浅野どのも信頼を寄せておりましたぞ」

「推量だよ、弥陀ノ介。確かな実事《じつじ》はまだわからん」

信正は微笑《ほほえ》んだ。

「だが、引き続き仙石家藩邸の探索は続けてくれ。特に宮益坂の下屋敷に市兵衛が現れることは、十分考えられる」

「むろん続けますとも。心得ております。となると、昼間、浅野どのを襲ったあの刺客と、市兵衛は闘うことになるかもしれませんな」

ふむ、と信正が頷いた。

「そんなに、手強かったか」

「尋常な相手ではございませなんだ。恐るべき相手、市兵衛とて……」

おお――と店土間で客の声と手を打つ音が起こった。

見ると、河岸で流していた新内の二人が呼ばれていた。

本調子と上調子の二本の三味線が、哀愁を奏《かな》で始めた。

惚れて通うに何怖かろう、
今宵も逢おうと、闇の夜道をただひとり……

闇の夜道をただひとり、と信正は新内の絞る声にかすかな唄声を合わせた。

「昔の流行唄《はやりうた》だ。切なくなるなあ」

信正は聞き惚れながら盃を舐めた。

だが、思い出したように言った。

「安寿姫はまだ十七だが、とても美しい姫御だそうだ。聡明で心お優しい姫さまとも評判だ」

弥陀ノ介は、「ほう」と感心した。

「けれども、男勝りのお転婆な姫との噂も聞いた」

「美しいお転婆な姫さまでござるか。そういう姫さまのお守《も》りでは市兵衛も、さぞかし冷汗をかいておりましょうな」

「ふふん。かいておるだろう」

「しかしあの男、もてもせぬくせに妙に美しい女子《おなご》と縁がございますな」

「確かに市兵衛は、あまりもてぬな。おれと大違いだ。ふふふ……」

信正と弥陀ノ介は顔を見合わせ、双方が吹き出した笑いを堪えた。

店土間で切々と続く新内の三味線と唄を、邪魔しないために。

第四章　証　文

一

等々力村の原野にも、遠く離れた渓谷《けいこく》の杜《もり》にも、真夜中九ツを報せる満願寺の鐘が低くゆるやかに流れた。

田んぼの蛙の鳴き声が、殷々《いんいん》と響く鐘の音に勢い付きいっそう姦《かしま》しい。

野犬が野の彼方で遠く長い鳴き声を、夜空に響かせていた。

高札の立つ字宿の辻にわずかに固まった民家は寝静まり、弦月が夜の帳《とばり》を青いほの明かりで染めていた。

その辻から、月明かりを遮る暗闇を選んで一体の影が足音を忍ばせ、小走りに道を北へ取っていた。

影は痩軀《そうく》に黒の括《くく》り袴、黒の脚半《きゃはん》に黒足袋と、黒ずくめに顔を隠した奇特頭巾《きとくずきん》だけが紫だった。

辻より北へ走る足を、村で唯一の酒屋太左衛門の白壁の土蔵まできて止めた。

あたりの様子をうかがい、誰にも見られていないことを確かめると、土蔵と竹藪の間の小道へまぎれこんでいった。

暗い小道の先に、まさきの生垣に囲われた太左衛門の母屋《おもや》の敷地がある。

影は生垣に沿って淡い月影を頼りに廻った。

やがて生垣の間に、小さな抜け穴を見付けた。

昼間の間に探っていた抜け穴だった。

影はためらいもなく、四つん這いになって穴をくぐった。

手入れされた庭があり、石灯籠《どうろう》に明かりが灯っていた。

夏場のことで、母屋の板戸が開き、縁越しの障子も開けられていた。

月明かりに、部屋の蚊帳《かや》が見えた。

住みこみの奉公人の部屋だろうか。

縁にあがる。幾つもの寝息が聞こえた。

太左衛門の部屋はもっと奥にあると、覚念からそれとなく聞いていた。

覚念は、法事の経を読むために招かれる智栄法師に従って、村中の家々を廻り、家の中の様子はおおむね小さな坊主頭の中に入っていた。

経を読む仏間が太左衛門夫婦の寝間と廊下を隔てた隣にあり、金貨銀貨、そして銭などの金目の類は錠前のある家蔵に仕舞ってあるが、様々な請け状や渡し状、証文や書状、文の類は、仏間の文箱に入っている、とも影は覚念から聞いた。

この数十年、村の家に盗っ人など、一度も入ったことはないし、銭金ならまだしも、縁のない者が書状や証文を盗んだとて何の役にも立たない。

それよりもすぐに取り出せるところに置いておいた方が、高利貸しでもある太左衛門の仕事上でも都合がよかった。

縁の板敷が影の足の下で、不気味に軋《きし》んだ。

廊下を忍び足に進みひとつ曲がったあたりから、男のいびきが聞こえてきた。

太左衛門だ――影の勘がひらめいた。

風通しに襖が開けられ、そこにも蚊帳が見えた。

廊下の反対側は襖が閉じられている。

仏間に違いなかった。

影は襖に手をかけ、そっと、そっと、滑らせて仏間の暗がりへ痩身を滑りこませた。

また、そっと、そっと、閉じる。

部屋は窓に板戸が立てられていたが、板戸の隙間からさす淡い月明かりが、燭台の影を浮かびあがらせていた。

用意した火打石で燭台に明かりを灯した。

仏間は小室だが、大きな仏壇と仏画をかけた床の間があった。

影は溜息をつき、奇特頭巾から出した目の縁の汗を拭った。

床の間の隣に戸棚がある。

戸を開けると、文箱が二つあった。

震える手でひとつ目の蓋《ふた》を取った。

中に書状、文が束ねてある。

一通ずつ懸命に見ていった。影の息が乱れていた。手が震えた。

どれも違う。

二つ目の蓋を取ったとき、蓋がかたかたと鳴った。

また書状の束が入っていた。

刻々とときがすぎ、影はもどかしい思いを堪えた。

ひと束目、二束目、三束目へいきかけ、ふと二束目を見直した。二つ目の束に証文の文字が読めた。

一通の証文の文字を必死で追った。

何畝《うね》かせいぜい一反 某《なにがし》 の田畠が抵当になり、利息として収穫の三割数分云々を太左衛門に納める旨を記した条文が細かく並んでいた。

これだ、と影は胸が詰まった。

間違いなく村の者の借用証文だった。それが数十枚の束になっている。

胸が激しく波打った。

証文の束を懐へねじこみ、帯で締め付けた。

声を殺して大きく呼吸をし、気を落ちつけた。

だが影は、廊下を隔てた部屋から太左衛門のいびきが聞こえなくなっていたことに気付かなかった。

燭台の明かりを消そうとしたときだった。

仏間の襖が、ばたんと開いた。

浴衣を着た太左衛門が敷居に立っていた。

太左衛門と目が合い、一瞬、影は固まった。

じりじりと、燭台の炎が音を立てた。

見開いたままの目が、驚きと怯えに燃えていた。次の瞬間、

「ど、どろぼう、どろぼおおおっ」

と、太左衛門が絶叫した。

影は燭台を打ち倒し、身を翻して窓の板戸へ体当たりをした。

板戸二枚が音を立てて吹き飛び、影は月明かりの差す庭へ転がり落ちた。

どろぼう、どろぼう、どろぼう……

後ろで太左衛門が、続けざまに叫んでいた。

家中からどっとざわめきが起こり「どろぼうだあ」「番小屋に知らせろお」と呼応する声が沸き起こった。

影は暗闇へ走った。

途端、前方にばらばらと黒い人影が現れた。

「いたぞおっ、そこだあ」

影は反転した。

と、すぐに人影が黒い壁のように立ち塞がる。

「こいつだあっ」

「打ちかませやあ」
わああっ、と庭中に喚声が起こった。
提灯がいき詰まった影の黒装束と紫の頭巾を照らした。
みな手に手に棒や竹の得物を持っている。
前後をふさがれ、影は脇の暗がりへ闇雲に突進した。
するとそちらは生垣にゆく手を阻《はば》まれた。
提灯の火と怒声《どせい》が背後に迫っていた。
影は生垣を伝って走った。
そのとき後ろから硬い棒の痛打を左肩に浴びた。
影は、よろめき、歯を食い縛った。
生垣を背にして、夥しい提灯と黒い人影の群れへ燃える目を投げた。
「とんでもねえ野郎だ。痛い目に遭わせてやれ」
おらおらおら……棒を地面に打ち鳴らし、威嚇《いかく》する。
影は生垣に背を沿わせ、横へ横へと身体を逃がすしかなかった。
腕をまくった男が迫り、棒を振りあげた。
影は顔をそむけ、目を閉じた。

だが、ぎゃっ、と棒を振りあげた男が悲鳴をあげた。

見ると、目の前に黒い大きな背中が立ちはだかり、男がその背中の足元に倒れ、地面を這っていた。

壁のように取り囲んだ男らが口々に叫んだ。

「どろぼうは二匹だ。二匹ともやっちまえ」

わああっ、と喚声が渦巻き、男らが黒い大きな背中へ襲いかかる。

すると、背中は男らへ逆に突き進んでいった。

手には短い棒が一本握られていて、たったひとりで十数人を相手に、激しく打ち合い始めた。

提灯の明かりと得物を打ち鳴らす音が交錯した。

地が鳴り、棒が折れてはじけ飛び、雄叫びが悲鳴に変わり、次々に男たちが転倒し、呻《うめ》き声が這い廻った。

それはまるで、襲いかかった男らの黒い壁がくだけ、崩れ落ちるみたいだった。

男らは散りぢりに逃げ惑い、悲鳴があちらでもこちらでも起こった。

追っているのは、たったひとりの大きな背中の男なのだ。

裾端折りにした黒っぽい着物に、小格子の縞模様がかすかに見えた。

手拭で頬かむりをして、顔を隠している。
逃げ惑うひとりが、生垣の側ですくんでいる影に打ちかかってきた。
それを背後から首筋をつかみ、ねじるように後ろへ投げ飛ばした。
ぐえっ、と投げ飛ばされた男が地面に這って悶えた。
たちまち何体もの身体が庭に転がり、呻き、後は遠巻きにするばかりだった。
提灯が二つ、捨てられて燃えていた。
影は熱い大きな掌に掌をつかまれた。
何も言わず、風のように走り始めた。
暗闇の中をどこをどう走っているのかもわからなかった。
後ろの方から「追え、追え」と口々に叫ぶ声が迫ってくる。
かんかんかん……辻の方で警報を告げる拍子木が打ち鳴らされた。
影はわけのわからぬまま、庭を抜け出て竹藪を走った。
新手の追っ手の声と地響きが、後方に聞こえている。
そのとき目の前に、新たに小さな黒い影が現れた。
男がつかんでいた手を離し、小さな影が代わりに手を取った。
「栄心さま、こっちです」

覚念の声だった。

「覚念、どうして」

安寿姫は言った。

「いいから、それは後です」

覚念が叫び、手を引っ張った。

「いけ。追っ手をまく」

市兵衛の声だった。背中を見たときから市兵衛だと気付いていた。ただ、市兵衛だと気付きたくなかっただけだ。

姫は市兵衛の大きな背中を見つめ、心を残しつつ覚念に手を引かれ走った。

市兵衛、と叫びたかった。

かんかんかん……辻の方で拍子木が鳴り続けていた。

闇の後方で男らの叫び声が沸きあがった。

二

深い藪をかき分け満願寺の裏手に出た。

寺の土塀の潜戸から入る墓地は、覚念が寺の小僧になる前からの村の子供らとの遊び場だった。

藪の中のそんな抜け道を知っているのは、子供らだけである。

覚念は墓石と卒塔婆《そとば》の林立する墓地へ入っても安寿姫の手を離さなかった。

墓地から石段をおりる道ではなく、境内より七、八尺ほど高い墓地の建仁寺垣の脇へ姫を導いた。

垣に子供ひとりが通れるほどの小さな破れ目がある。

「法師さまらも起きています。見られないようにここから飛びおりましょう」

姫の庵は本堂裏手の、この墓地を背にしている。

垣根の下は暗闇に包まれ、淡い月の光ではよくわからない。

「大丈夫。下はやわらかい草地です」

覚念がささやいた。

「わたしが先に飛びおりますから、見ていてください」

覚念が姫の手を離し、いいですね、とまた言った。

覚念の白い衣が、ふっと闇に飛んだ。

暗闇の底で草が、ざざっ、と鳴った。

「さ、栄心さま」

覚念が下から呼んだ。

村の辻で鳴らす拍子木の音が、まだ小さく続いている。

安寿姫は飛んだ。

高さがつかめず、草を踏んでから転がった。

覚念は姫に駆け寄り、助け起こそうとした。

そのとき覚念は、「あっ」と声をこぼし、立ち止まった。

転んだ拍子に姫の胸元がはだけ、淡い弦月の光の下でも白磁のように輝く汚れを知らぬ肌が、夜の暗がりの中にのぞいていたからだ。

それは姫の真っ白な乳房だった。

姫が慌てて胸元をつくろった。

覚念は息を飲んだ。

あ、あう……

と次の言葉が出なかった。

半刻（約一時間）がたった。

拍子木の音はもう聞こえなかった。
村の夜空高く弦月の淡い光がかかって、蛙の鳴き声だけが夜の静寂を破っていた。
安寿姫は黒ずくめの扮装のまま、三畳ひと間に置いた文机《ふづくえ》にしな垂れかかっていた。
打たれた左肩の痛みを堪えつつ、まだ戻ってこない市兵衛のことを考えていた。
市兵衛にもしものことがあったらどうしよう。激しく胸が騒いだ。
覚念は、三畳間のあがり端へ腰かけ、足をぶらぶらさせている。
覚念は、さっき見た姫の白い乳房が脳裡から離れない。
栄心さまが女性《にょしょう》だったなんて。そうか、道理で……
と、今考えると思い当たることが次々に浮かんでいた。
覚念は、栄心に何と言葉をかけていいのか、わからなかった。
それに市兵衛が戻ってこないことも、気がかりでならない。
ああ、困った、と出るのは溜息ばかりだった。
「覚念、もうお休み」
姫が痛む左肩を押さえ、かすれた声で言った。
「だって、市兵衛さんが戻ってこないし」

覚念は姫の方へ顔をねじって、少し不満げに応えた。

「市兵衛は、わたしが待っている」

「それに、栄心さまがまた危ないことを勝手になさると、わたしも市兵衛さんも困るから」

「もう、しない」

姫はうな垂れ、か細く応えた。

栄心さまは女子《おなご》だったのですか、とは覚念は言い出せなかった。ただもやもやした不満だけが募《つの》った。

姫も若衆と偽っていたことを覚念に知られ、戸惑いはあるけれど、これまでの素振りを変えることはできなかった。

左肩がずきずきと痛んだ。

と、外の草を踏む足音がした。

「あ、帰ってきた」

覚念が土間に飛びおりて腰高の障子戸を開けた。

暗闇の先へ目を凝《こ》らすと、ふわりと人影が浮かんだ。

市兵衛が暗闇の中から、軽々とした歩みで現れた。

「市兵衛さん」

覚念が市兵衛の身体に飛び付いた。

「覚念さん、危ない目に遭わせて済まなかった。だが助かった」

市兵衛は笑いかけた。

「いいんですよ。平気ですよ。どきどきして面白かった。市兵衛さんこそご無事で」

覚念は市兵衛を土間へ導き入れた。

姫は身体を起こして、三畳間から市兵衛を見つめた。

無事に帰ってきたら、遅い、何をしていた、と文句を付けたくなる。

「栄心さま、ご無事でしたか」

姫はこくりと頷いた。

しかし、市兵衛はすぐ表情の笑みを消し、問い質《ただ》した。

「で、栄心さまは何のためにあんな無謀なことをなされたのか」

「これだ、市兵衛。見よ。太左衛門のところにある村人たちの借用証文だ。これさえあれば太左衛門の暴虐《ぼうぎやく》から娘らを守れる。これを奪いにいったのだ。やったぞ」

姫は立ちあがり、懐の証文の束を市兵衛の目の前に突き出した。

市兵衛の姫を見あげる顔が、見る見る険《けわ》しくなった。

「愚《おろ》か者っ」

姫の手首をつかみ、土間へ引きずり落とした。

青褪《ざ》めた頬を平手でしたたかに打った。

姫は堪らず土間へ崩れ落ちた。そして市兵衛を見つめた。

「市兵衛さん、な、何をなさるんです」

覚念が市兵衛の帯をつかんだ。

「わからぬか。考えのない振る舞いはみなを却《かえ》って危うくするのだぞ」

そして姫の握る証文の束を奪い取った。

「何という愚かな事を。太左衛門が黙って引きさがっているはずがない。陣屋も躍起になって調べるだろう。難しい事態になった」

市兵衛は証文の束を繰りつつ、怒りを懸命に抑えた。

姫は市兵衛の剣幕に怯《おび》えた目になった。

「こんな紙切れを奪っただけで、百姓が本当に助けられると思っているのか。百姓はもっとひどい苦境に追いこまれるぞ」

市兵衛は姫へ証文の束を投げかえした。

姫の目が赤く潤《うる》んだ。

こんなに怒った市兵衛を見るのは初めてだった。しかし言われてみれば、あの弱き百姓らが証文がなくなったことを盾《たて》に、太左衛門に逆らえるとは思えなかった。

太左衛門らは、さらに横暴な振る舞いに出るかもしれない。

「市兵衛さん、そんなに叱《しか》らなくても。栄心さまもこのように、悔《く》いていらっしゃいますし、それに……」

じつは栄心さまは女子なのですよ、とは覚念は言えなかった。栄心さまが女子だとわかったら、市兵衛さんはさぞかし困るだろうな、と覚念は思った。

市兵衛が穏やかに覚念を見おろした。

「覚念さんが気付いてくれたお陰で、大失態を免れた。本当にありがとう。わたしは腹を切らねばならぬところだった」

「そんな、腹を切るなんて……」

覚念は市兵衛が侍だとは、まだ気付いていない。

姫は肩を落としていた。

打たれた肩がいっそう痛んだ。

「どうなされた」

市兵衛が姫の側へかがんだ。

姫は潤んだ目をそむけた。

市兵衛が姫の押さえる手をはずし、左の片肌を腕の付け根まで晒した。

「あっ」

覚念ははらはらした。

「ひどい傷を受けられましたな」

姫の光沢を放つ白い肌に、赤黒く爛《ただ》れた痣《あざ》ができていた。

「腕をゆっくり動かしてみなされ」

姫は素直に左腕を動かした。肩は痛むが、腕は動かせる。

「骨は大丈夫のようだ」

市兵衛は土間の水桶で手拭を絞り、姫の肩にあてがった。

冷たさが染みて、姫は「うう……」と堪えた。

「覚念さん、新しい水をくんできてもらえないか。わたしは薬を取ってくる」

「承知しました」

覚念は桶の水を外の暗闇へざっとまき、勢いよく走った。

覚念が姫の肩を手拭で冷やしている間、市兵衛は和紙に灰色の薬を伸ばした。

「これは塩漬けのすももを黒く焼いて粉末にし、飯粒と練りまぜた薬です。打ち身に効能があります」

　市兵衛は言いながら、それを姫の肩へ貼った。

　それから姫の懐へ手を差し入れて、包帯替わりの晒しを器用に巻いた。

　姫は気持ちがいいのか、市兵衛に身を任せている。

「市兵衛は何でも知っているのだな」

　肩を上下させつつ言った。

「旅暮らしで学びました。旅をすると何でもひとりでせねばなりません」

「わたしは、何も知らない」

「これから学ばれませ」

　覚念は、そんな二人を恥ずかしくて見ていられなかった。

　なぜなんだろう。市兵衛さんも栄心さまも平気な素振りである。

　やっぱり市兵衛さんは栄心さまが女子であることに気付いていないのだ。

　ああ、どうしよう……

「市兵衛、これからどうなる」

　姫がぽつりと訊いた。

「わかりません。太左衛門らの出方を見るしかありません。必ず、われらにも疑いをかけてくるでしょう。そのときは……」

「これはどうしたらいい」

姫が証文の束をつかんだ。

「明日の朝、法師さまにお話しいたす」

「法師さまに話すのか」

「法師さまはあなたを引き受けられた。これを隠して後で法師さまを苦境に追いこむ事態に立ちいたることになれば、申し開きができません」

姫はまた目を潤ませ、顔を伏せた。

「大丈夫。法師さまは栄心さまのお味方だ。何とかなります」

市兵衛は言いながら、考えあぐねていた。

三

満願寺の裏藪で雉鳩《きじばと》が鳴いていた。

でっでっぽお、ぽお……

陣屋の手代佐々十五郎と小者が二人、番小屋の番太団蔵の手下五人、それに太左衛門と太左衛門の酒屋の使用人ひとり、の十名ばかりが、満願寺境内の石畳を正面の本堂へ、ざ、ざ、ざ、と歩んでいく。

一団の中に、団蔵の巨大な虫のような図体は見えなかった。

本堂正面の板階段をあがった回廊に、白衣に紫の袈裟《けさ》をまとった智栄法師が、緑の袈裟の役僧と墨染めの若い所化の二人を左右に従え、黙然と佐々らを迎えた。

ここ数日、四月にしては暑い日が続いて、真昼の日差しが境内の石畳や砂利に照り付けていた。

先頭の佐々十五郎は、いらいらと扇子《せんす》を使った。

佐々は本堂正面の階段下に立ち、ひと際扇子を激しく動かして、段上より黙然と見おろしている老師を睨んだ。

満願寺ごとき小寺の坊主が何ほどかある。こっちは陣屋が付いているのだぞ。

という尊大さが、佐々をはじめ太左衛門や団蔵の手下らの素振りにうかがえた。

佐々が扇子を老師へかざし、声を張りあげた。

「郡代さまより差し遣わされた佐々十五郎である。当満願寺に滞留しておる栄心なる者に、昨夜、当村酒造業太左衛門方に押し入り盗みを働いた疑いが、太左衛門の訴えによりかかっておる。役目によって陣屋へ召し連れ詮議いたすにより、ここへ連れてまいれ」

暑さが佐々の不機嫌を募らせていた。

「なお、栄心なる不届き者を庇《かば》い立て、隠し立ていたすと、当満願寺に重きお咎《とが》めが郡代さまよりくだされるものと、さよう心得よ」

「どろぼう猫、栄心、出てこいやあ」

団蔵の手下が、境内一杯に喚《わめ》いた。

老師は佐々に穏やかな目を向け、言葉を発しなかった。

僧房も庫裏も、静まりかえっていた。

庫裏では納所が台所の隅で漬物の桶をかき廻していた。

市兵衛はその庫裏の出入り口の陰に身をひそめ、佐々らの様子をうかがっていた。

莫蓙《ござ》に包んだ刀を持ち出した。

場合によっては斬り合いになり、安寿姫を連れ出し逃げる事態になるかも知れぬ。

乱戦になった場合の、展開に思いをめぐらせていた。

姫は本堂裏の庵に、覚念とともにいた。

三畳ひと間の文机の前に端座し、気持ちを鎮めるために看経を行なっていた。

覚念は庵の腰高障子を一尺ほど開け、顔だけを外へ出して様子をうかがっていた。

本堂正面の方から人の声が聞こえた。

「……出てこいやあ」

と、喚き声があたりを震わせた。

覚念は震えあがったが、姫は身じろぎもせず看経しているし、裏の藪の雉鳩も気付かぬ様子でのどかに鳴いている。

「それでも御坊が栄心などおらぬと申すなら、寺中家探しいたすがそれでもよいか」

本堂前で、佐々が沈黙を守る老師へ続けた。

えいしん、盗っ人、えいしん……

手下らが口々に喚き立てた。

すると、老師の穏やかに嗄れた声が、だが厳かに手下らの頭上に響いた。

「静かにせよ。大日如来さまを祀《まつ》っておる寺を騒がすでない」

手下らは老師の声に気圧《けお》された。

「寺の墓地では先祖代々の御仏が眠っておるのだぞ。みなそなたらの先祖であろう」

老師は威厳《いげん》の備わった眼差しを佐々へ向けた。

「栄心はおる。隠し立てなどいたさん。新義真言の教えの修行勉学のため、わが寺に滞留いたしておる」

「ならばここへ出せ。ぐずぐずするな」

佐々が居丈高に命じた。

「そのように声を張りあげずとも、普通に申せば聞こえる」

佐々が口を結び、老師を睨んだ。

「佐々どの、そなた、以前は村であまり見かけなんだが、近ごろ、そこにおる太左衛門の家にしきりに出入りしておるようだな。互いに気心が通じ合うのか」

「そ、そのような、しきりに出入りなど、いたしておらん。太左衛門は村名主のひとりでもある。役目上、話し合わねばならぬことが続いた。それだけだ」

佐々は不服げに言いかえした。

「さようか。よいわ。ところで太左衛門」

老師が、佐々の後ろに控えた太左衛門へ嗄れた声を投げた。

太左衛門は、ぴくりとした。

「酒造りの商いの方は近ごろどうじゃ。ずいぶんと稼いでおるそうではないか。もう田は耕しておらんのか。金貸しも営んでおると聞いた。暮らしに困った村人らに手広く用立て苦境を救っておるのであれば、救われた村人らはみな喜んでおろうな」

太左衛門はばつが悪そうに目をそらし、苦笑いを浮かべた。

老師は手下らへ目を転じた。

「そなたらは団蔵の仲間か。番太の団蔵はどうした。なぜここにおらぬ」

「団蔵親分は今江戸に……」

手下のひとりが言いかけたのを、別のひとりが脇から「よけいな事を言うんじゃやねえ」と頭を叩《はた》いた。

「これ、寺の中で粗暴な振る舞いをするでない。団蔵は江戸にいっておるのか。村の番太が江戸にどんな用があるのじゃ。おかしいのう」

老師は諭《さと》す口振りで言った。

「あの男は二十年前までは関八州を渡り歩く渡世人であった。着の身着のままで村に流れついたのを、村人らの親切で番太の仕事を任せられ、それから落ち着いた暮らしができるようになった。団蔵は村人にどれほど感謝してもしすぎるということはない。そなたらも団蔵の仲間なれば、村人への感謝の心を忘れてはならんぞ」

手下らは老師に対して、口答えできなかった。

「太左衛門もあのころは働き者の百姓であったな。女房と二人で田を耕し、親孝行で信心深く、墓参りも欠かさなかった。頭のよいそなたには、村人もみな感心しておったのを覚えておる。光陰の流れは束の間じゃ。若き日が懐かしい。のう、太左衛門」

太左衛門は言葉をかえせず、小さく頷くばかりであった。

佐々が苛立った。

「御坊、埒もない四方山《よもやま》話を聞きにきたのではない。栄心を出せと言うておる。年寄がのらりくらりと説教を垂れておれば誤魔化せると思っておったら大きな間違いぞ。これ以上役目を邪魔するなら、やむを得ず手荒な手段を取らざるをえん」

「陣屋の手代の身でありながら乱暴なことを申されるな。小寺とはいえこの満願寺は慶安年間より寺領ご寄付の朱章を公儀より賜《たまわ》っておる、格式ある祈願所なのですぞ。この寺に手荒な手段を取ると申されるからには、陣屋が支配違いの寺領を侵《おか》す許しを寺社奉行並びに公儀から得ておられるのであろうな」

え？　と佐々の勢いが挫《くじ》かれた。

「郡代さまに差し遣わされたそうだが、佐々どの、それは真《まこと》か。手荒な手段を用いてでも寺を家探しし、栄心を捕えよと、郡代さまは真に命じられておるのか。そうであれば拙僧も当寺を預かる役目として、寺社奉行、公儀に訴え申しあげねばならぬ」

そのうえで――と、老師はいっそう声を穏やかにした。

「佐々どのの申されたことが間違いないとわかれば、われらも止め立てはいたさん。しかしそうと確かめるまでは、公儀より朱章をいただいておるわが寺領を、たとえ陣屋の手代とてみだりに侵させるわけにはまいらんのじゃ。それを許すなら、公儀より賜ったご恩に仇《あだ》なすことと同じになる。おわかりか」

「仇なすなどと、そ、そんな大袈裟な」

「大袈裟ではない。佐々どのの役目にも支配違いはあるであろう。支配違いを侵せば争い事が起きる。それでもなおと申されるなら、好きになされよ」

老師は一同を見廻した。

「太左衛門、そなたも今の話を聞いたな。みなも聞いたな。後にこの事態の詮議になった折り、佐々どのの申されたこと、振る舞いを、忘れるではないぞ」

みながざわついた。佐々は舌打ちをした。

「それでも、などと申しておらんではないか。われらはただ、村の家に押し入ったどろぼうを追っておるだけなのだ。村人に害をなすどろぼうを、御坊は匿うのか」

「村人に害をなすとは、都合のよい言葉じゃの。太左衛門、訴えたのはそなたのようだが、何を盗まれた」

「それは、おめえさまにはかかわりのねえことだで」

太左衛門は不貞腐《ふてくさ》れて言った。

「もしや、村人に害をなしておるのは、そなたではあるまいな」

「と、とんでもねえ。何を仰るんで」

「団蔵と組んで、村の娘を借金の形に取って女衒《ぜげん》に売り飛ばしたという噂を聞いておるぞ」

「それとどろぼうの話は、か、かかわりねえだで。あっしは、法度にはずれたことはいたしておりやせん」

「法度にはずれていなければ何をしてもいいということではない。そなたも村名主のひとりだ。村人の心がすさまぬよう、村人がつつがなく暮らしていけるよう、村が荒廃せぬよう、心をくだき、公正を心がけよ」

「お、大きなお世話だ。おめえさまに説教される筋合いはねえだで」

「言わせておけば、生臭坊主が……」

佐々はいらいらと扇子を使い、いまいましげに言った。

「話しても無駄だ。一旦引きあげる。考えがある。御坊、この後に何が起こり、どういう事態になろうと、その責めは御坊にあると申しておくぞ。よろしいな」

「人は、いたわりの心が、肝心じゃ」

老師がぽつりと応えた。

佐々は扇子をぱたぱたと鳴らしながらせせら笑いを浮かべ、踵《きびす》をかえした。

手下らが道を開き、日差しの下をぞろぞろと帰っていく。

市兵衛は庫裏の戸口の陰で、緊張を解いた。

溜息をひとつつき、台所の納所を見やると、納所が漬物桶から沢庵をつかみ出し、食うか、と訊ねるみたいにかざして市兵衛へにやりと笑いかけた。


一刻後、市兵衛は庫裏の裏手で日課の薪割に汗を流した。

諸肌脱ぎになって、薪を薪割台に置き、ずしりと手応えのかえる斧《おの》の柄を両掌に握る。

薪の中心を見定め、両足を前後に大きく開き踏み締める。

斧を天空に振りあげた一点に精神を集める。

そして、集めた精神を両腕にそそぎこんで、薪の中心へ斧を打ち落とすのだ。

かああん……

樹林の彼方へ響き渡る。

市兵衛の気は、一瞬、響き渡る音とともに風になる。

二つに解き放たれた薪が、薪割台から心地よさげに左右へ転び落ちる。

市兵衛は、無心の満足を覚える。

滴《したた》る汗だけが無心の賜物《たまもの》である。

僧房の居室で、智栄法師が変わらぬ朴訥《ぼくとつ》とした語調で言った。

「今日のところはこれで済んだが、あの佐々という手代は、何やら魂胆をめぐらしておりそうだ。これで落着とはとうてい思えぬ」

「わたくしの手落ちでした。お詫び申しあげます」

市兵衛は頭を垂れた。

「何を言う。市兵衛どのの手落ちなものか。あのような姫さまじゃ。そなたが付いていてくれてよかった。そなたがおられなかったら、今ごろ姫さまの身がどうなっておったか、思うだけでこの老体に冷汗をかく。は、は、は……」

法師は大らかに笑った。

「法師さまの仰る通り、このままあの者らが引きさがるとは思えません。難しい事態になりました」

「ふむ。姫さまが寺におることは一向に構わぬが、この後も間違いなく清泰《せいたい》とは言えぬかも知れぬ。そこで浅野どのにこのたびの事態を文で知らせておこうと思う。浅野どのから何ぞよい思案が届くであろう。前の文では市兵衛どのがまいられたでな」

法師は笑みを頷かせた。

「それから覚念さんが、どうやら姫さまの正体に気付かれたようです」

「覚念が気付いたか。はしっこい小僧だ。ふふふ……始終側におるのだから無理もない。寺の者には本当のことを話して、外の者にもらさぬように命じた方がよいかの。姫を若衆と偽るのもそろそろな……」


かああん……

市兵衛は斧を打ち落とした。

二つになった薪が、からんからんと跳ねた。

大きく息を吐いた。

市兵衛は額の汗を拭い、庫裏の裏に心地よい影を落とす楢の巨木の上空に、白い雲が流れていくさまを眺めた。薪を薪割台へ載せようとしたとき、

「楽しそうだな」

と、後ろで声がした。

市兵衛の後ろに積みあがった薪の上に、安寿姫がいつの間にか腰をおろしていた。

姫の顔がきらきらと微笑んでいた。

「おいででしたか」

「隙だらけだったぞ。わたしでなければ斬られていた」

「そうですか。栄心さまゆえ、気付かなかったのでしょう。わたしを斬ろうとする気が伝わってきませんでした」

市兵衛は斧を振りあげた。

かああん……

姫は境内裏の樹林へ響き渡っていく音を、目で追った。

それからうっとりと天空へ遊ばせた。

「市兵衛、空には何がある」

「日月、きらめく星、雲と雨、そして風、木々のざわめき、鳥の声、そんなようなものがありましょうな」

「そんなものなら、国元の城から見る空にも藩邸の空にもあった。けれど、ここの空はまるで違う。こんな空は城にも藩邸にもなかった」

「こんな空、ですか」

市兵衛も見あげた。

「切ないほど美しい。わが胸の音が聞こえる」

何も応えない市兵衛に姫は言った。

「薪割をしながら、とき折り空を見あげておったな。何やら思案げにも、懐かしんでいるふうにも見えた。何を考えていた」

「そんなに前からおられたのですか」

「気付くのを、ずっと待っておった」

市兵衛は自分のうかつさを笑った。こういう邪気《じゃき》のない人の気をつかむのは難しい。

「何も考えておりません。空を見あげると気が晴れるのです。己が違う者になれるような気がするのです」

「違う者に……」

姫の声が途切れた。

市兵衛は薪割を続けた。しかし姫がそこにいると思うと、少し心が乱れた。

修行が足りぬな――と市兵衛は思う。

「それから?」

姫はもっと話せと促した。

「幼いころ、吹き荒《すさ》ぶ風に吹かれるのが好きでした。この風に乗ってどこまでも飛んでいけたら何と楽しかろうと、思ったのです」

市兵衛は言い、薪割台に薪を立てた。

「十三歳のとき、わが父が亡くなりました。わたしは祖父唐木忠左衛門の下で元服し唐木市兵衛を名乗ったのです。祖父は父に仕える足軽でした。冬の夜明け前、父の家を出て、それから帰る家はありません」

「母上はどうした」

「母はわたしを産んで亡くなったのです。わたしは母を知らずに育ちました」

市兵衛は薪の中心を見つめ、柄を握り締めた。

「十三のとき、違う己になれたのか」

「さあ。確かなことはわかりません。父の家が、わたしのいるべき場所でなかったことだけが確かでした」

市兵衛は斧を振りあげた。

「それから市兵衛は、風に吹かれて飛んでいったのだな」

市兵衛はおかしくなって斧をおろし、姫を見かえった。

安寿姫の表情は、初々しいほどに真剣だった。

「栄心さまは面白いことを言われる。だとしても、幼きころに思っていたほど楽しくはありませんでしたが」

市兵衛は左手一本で斧を振りかぶった。

ぶうん、と落とした。

斧は、薪の中心線を寸分の狂いもなく打ち割り、薪割台へかつんと食いこんだ。

市兵衛と姫は、動かず、言葉も交わさず、木々の中の静けさに包まれた。

四

「市兵衛さあん、市兵衛さあん」

本堂の方から、覚念のただならぬ声が市兵衛を呼んだ。

つくろい物をしていた市兵衛は手を止め、素早く部屋を出た。

庫裏の外で、納所と所化が姫と姫に引きずられる覚念を呆れて見ていた。

「栄心さま、だめですったら。聞きわけのない」

覚念は姫の腕をつかみ、本堂前の石畳に足をずるずるとすった。

姫は唇を結び、門の外を睨んでいた。

「栄心さま、どこへいかれる」

市兵衛は姫の前を両手を広げてふさいだ。

「市兵衛、どいてくれ。いかねばならん」

「何があったのですか」

「百姓らが、陣屋の手代らに捕縛された。引っ立てられてゆくのだ」

「朝から陣屋の役人が村中を廻って百姓らを捕まえ始めたんです。みんな太左衛門とこの証文にあった百姓らです。高札場の辻に集めて、これから陣屋へ引っ立てていくそうです」

覚念が姫の腕をつかんだまま懸命に言った。

「百姓らを、何の罪科で」

「役人は栄心さまの代わりに、証文の百姓らを罰するつもりなのです。おまえらが栄心さまに頼んで証文を盗ませたのだろうと、言わせるつもりなのです」

「何と、横暴な」

市兵衛は吐き捨てた。

「離せ。わたしの所為《せい》だ。わたしの所為で罪もない百姓がひどい目に遭わされる。救わねばならんのだ」

姫が市兵衛を押し退けようとする。

「救ってどうなされる」

「江戸へ連れて逃げる。江戸まで逃げれば何とかなる」

「落ち着かれよ」

姫が押しても市兵衛は動かなかった。

庫裏や僧房から寺の僧たちが出てきて、成り行きを見守っていた。

騒ぎを聞き付けた智栄法師も、所化にともなわれ僧房から現れた。

市兵衛と覚念が頭を垂れたが、姫は老師と目を合わせられなかった。

「よかろう、栄心。ゆくがよい」

近付いてきた法師が、嗄れた穏やかな声で言った。

「そなたの振る舞いがどのような始末になったか、己の目で確かめるがよい」

「法師さま……」

姫は救いを求めるように、老師を見かえった。

「ただし、手出しはならんぞ。そなたが手出しをしたとて無益じゃ。もっとひどい目に遭う者を生むだけじゃ。わかったな」

老師は市兵衛に言った。

「市兵衛どの、栄心を守ってくだされ。手代らは栄心に手を出さぬと思うが、万が一ということもある」

「心得ました」

「法師さま、わたくしもいきます」

覚念が健気に言った。

「ふむ。おまえもいって、栄心を守ってやれ」

智栄法師が言い終わらぬうちに、姫は表門を走り出ていった。

「栄心さまあ……」

覚念が姫の後を追った。

高札場のある字宿の辻には、村人たちが大勢集まっていた。

男も女も、年寄も子供もいた。

高札下の道端に、十数人の百姓らしい男らが、後ろ手に縛《いまし》められ、地面に直《じか》に座らされていた。

何人かの女房や子供らが傍らで泣いていたが、見守る村人らに声はなかった。

すすり泣きのほかは、字宿の辻を奇妙な静けさが覆っていた。

菅笠に野羽織、裁着袴《たつつけ》の佐々十五郎が、鞭《むち》を袴の脇へ打ち当てて鳴らし、捕縛者が揃うのを待っているふうだった。

六尺棒を携《たずさ》えた小者らが、縛められた百姓らを見張っていた。

太左衛門が佐々の隣に並び、とき折り、小声で言葉を交わした。

その太左衛門が村人らの間にまぎれた姫と市兵衛、覚念を目敏《ざと》く見つけると、佐々に耳打ちした。

佐々は「ああ?」という顔付きを、姫と市兵衛に寄越した。

太左衛門の耳打ちに頷きつつ、佐々は姫から目を離さなかった。

鞭をびゅんと鳴らし、それから白い歯を見せた。
五、六人の団蔵の手下らが、後ろ手に縛められた百姓の男二人を取り囲み、辻へ引っ立ててきた。その後ろに、やはり女房と子供らが目を拭いながらついてくる。
「よし、これで全部だな。みな立たせろ」

佐々がひとりの百姓の肩を鞭で叩いた。

小者らと団蔵の手下らが六尺棒で百姓を立たせた。

「ぐずぐずするな」

佐々は鞭を、びゅんびゅんと振るわせた。

女や子供らの泣き声が高くなった。

「いくぞ」

佐々は先頭を進みながら、鞭を空に振るった。

佐々と並んだ太左衛門が、市兵衛と姫に一瞥《いちべつ》を投げてにんまりした。

二人を先頭に、一行は北の道を取ってゆく。

縛められた百姓と咽《むせ》びながらついてゆく女房や子供らに、犬が吠えかかった。

旅籠かめ屋の表戸の前で、女将のかめがそれを見物していた。

かめ屋の二階の格子窓からは、飯盛が顔をのぞかせている。

真っ白な白粉《おしろい》に真っ赤な口紅を塗りたくり、薄気味悪い笑みを浮かべているかめが、通りかかる佐々と太左衛門に何か話しかけた。

三人が笑い声をまき、犬がさらにけたたましく吠えた。

一行の姿が道の彼方へ小さくなり、村人らはひとり去り二人去りして、やがて字宿の辻には、安寿姫と市兵衛と覚念の三人だけが残された。

蟬の声が周りの木々から、ざあっと聞こえ始めた。

「わたしの所為だ」

姫がまた言った。

頬にひと筋の涙が伝っていた。

覚念が姫の手を取り、

「栄心さま、戻りましょう」

と引いた。

しかし姫は、道の彼方へ一行の姿が見えなくなっても動かなかった。

「もう仰いますな。人にできることは少ない。次のことを考えなされ」

市兵衛は、姫の端然《たんぜん》とした横顔に言った。

その白い頬に、二筋、三筋……と涙が伝った。


同じころ、江戸は神谷町にある仙石家上屋敷の裏門の潜戸を、白い狩衣姿の小柄な男と、狩衣と較べると大人と子供ほどに背丈の違う大きな男がくぐった。

三度笠に合羽を肩にからげた連れの二人が男の三度笠と合羽を預かり、裏門脇で待った。

狩衣の男は裏門の顔見知りの門番に会釈を送り、

「山根さまのお長屋へ、通ります」

と声をかけた。

門番は、日焼けした顔に充血した目を油断なく蠢《うごめ》かす、御師らしき狩衣を気味悪く思っていたが、番士の山根有朋に「かの者は構わずともよい」と命ぜられていたので、黙って頷きかえした。

連れの異様に背の高い男には、また得体の知れぬ人相の悪いのを連れてきたな、と訝しげな目を向けただけだった。

狩衣は、勝手知ったる藩邸内の山根が居住する長屋の腰高障子を開け、狭い土間にひざまずいて、

「蟬丸でござる」

と、閉じられた障子へ祈禱で鍛《きた》えた絞り声をかけた。

「ご苦労」

山根が障子の向こうで応えた。

宮益坂の下屋敷を見張ることになってから、蟬丸はほぼ毎日この刻限に、下屋敷の様子を知らせるために藩邸の山根の長屋を訪ねていた。

連れの等々力村の番太団蔵も、蟬丸の隣へひざまずいた。

山根は土間に続く六畳間の障子を開け、蟬丸と連れの男を見おろした。

このような勤番の家士が居住する粗末な長屋であっても、山根は卑しき蟬丸にあがれとは言わない。あがり端へ膝をかがめ、

「話せ」

と、頭ごなしに言った。

これしきの者にそれ以上の言葉をつくす値打ちはないと、そんな為様《しざま》を山根は隠さなかった。

蝉丸はさらに低頭し、団蔵も倣った。

「これなるは荏原郡等々力村の番太団蔵でござる」

山根は軍鶏《しやも》を思わせる蝉丸と、隣に平身した巨大な蟷螂《かまきり》を思わせる気色《きしよく》の悪い連れを見較べた。

「安寿姫の潜伏先が、ようよう判明いたしました」

蝉丸が言った。

「どこだ」

「等々力村満願寺。牛込柳町に私塾を開く赤松徳三郎の倅栄心に成りすまし、勉学修行と称してこの三月の上旬より滞留いたしてござる」

「男に扮装しているのか」

「いかにも。麗しき若衆に拵えておる由。われらが調べましたところ、牛込柳町の赤松家に栄心なる倅はおりません。また身内の誰ぞが満願寺に滞留いたしておる形跡もなく、ただし、赤松徳三郎とかの浅野久右衛門は知己《ちき》の間柄と知れ申した。さらに、満願寺住持智栄は、浅野が若きころより師と仰いでおる法師でござる」

「若衆に拵えて片田舎の小寺に隠していた？　道理で。おいぼれめ、小細工を弄《ろう》しおって。隠しおおせると思ったか」

山根は鼻先に不敵な笑みを浮かべた。

「この男が、知らせをもたらしたのだな」

「さようでござる」

「この男、信用できるのか。おまえとはどういうかかわりだ」

団蔵は、へへえっ、と頭が土間に着くほど恐縮した。

団蔵とそれがしは……蟬丸が平身のまま語り始めた。


山根が江戸家老大泉義正が執務を執る居室へ入り、ほどなくして大泉の腹心の家士らが呼ばれ、人の出入りが頻繁になった。

やがて大泉は、奥向き御座の間の正室徳の方に面談を求めた。

藩邸表および中奥と奥は厳重に区別され、奥は奥の年寄役が取り締まっている。

当主以外、重役といえどもおいそれと奥へは入れない。

しかし奥には表とつながるお広敷があって、奥向きの日常を維持管理する様々なご用をここで取り交わし果たすのである。

つまり、お広敷はお広敷番の男役《おとこやく》が詰め、ご用があれば表の家士や中間、あるいはご用を承る商人などが入ることは許された。

そのお広敷において、正室徳の方付きの奥女中のひとり、おませがお広敷詰の添え番に一通の書状をひそかに託《ことづ》けた。

添え番は藩邸の足軽長屋へ向かい、書状をある足軽に託した。

「おませさまからの書状だ。急ぎ下屋敷の浅野久右衛門さまにお届けしてくれ」

「心得た」

足軽はすぐさま宮益坂の下屋敷へ走った。

半刻後、仙石家下屋敷の年寄役浅野久右衛門の居室に、倅慶一郎と下屋敷に詰める家士数名が集まった。

江戸での久右衛門の手の者は、わずかにその者らだけである。

久右衛門の額の包帯は取れたが、思いのほか大きな傷が残っていた。

久右衛門は膝の前におませからの書状を置いて言った。

「奥女中のおませどのからの知らせだ。どうやら、等々力村の満願寺が大泉らに知られたらしい」

慶一郎の表情に緊張の色が走った。

慶一郎以外の家士らは、そのとき初めて、安寿姫の匿い先を荏原郡等々力村満願寺と教えられた。

「読んでよろしゅうございますか」

久右衛門が頷き、慶一郎はおませの書状を開いた。

左右の家士らが顔を寄せ集めた。

「大泉が徳の方に報告し、山根に何か命じたようだ。山根が大泉の意をくんで刺客《しかく》や賊に指図していると思われる。おそらく今、山根はすでに満願寺を襲う手筈を整えるため、藩邸を出ておるだろう」

「また、この前の賊らにやらせるつもりでしょうか」

「間違いあるまい。それかどうかわからぬが、近ごろ山根の長屋に、しばしば得体の知れぬ怪しい者らが訪ねてくるそうだ」

久右衛門は先だっての刺客の襲撃を思い出し、額の傷に触れた。

思い出すたびに今でも背筋が凍る。

「大泉と徳の方は強行手段に打って出た。このひと月、大泉との交渉を続けてわかった。大泉らはもう妥協する意思も折り合う気もまったくない。強行手段に出たがために却って身動きが取れなくなっておる。手段を選ばず姫のお命を狙うだろう」

「姫のお命を狙うなどと、狂気の沙汰だ……」

家士のひとりがいまいましげに呟いた。

「明日、遅くとも明後日には国元より応援が到着する。下屋敷を固めれば姫の身の安泰が計れる。慶一郎、すぐさま満願寺へ向かい、姫をお守りして下屋敷へお連れするのだ。山根らが満願寺を襲う前に姫を連れ出せ」

「承知いたしました」

「慶一郎さまおひとりで大丈夫ですか。われらも同道した方がよいのでは」

「いや。下屋敷を空にするわけにはいかない。まさに大泉らは狂気に取り憑《つ》かれておるのだ。姫のお命のみならず、江戸でのわれらの一掃も画策しておるだろう。藩政を牛耳《ぎゅうじ》るために徹底してやり切るしかないと突き進んでくる」

久右衛門は一同を見廻した。

「われらがここを失っては、江戸の藩政は一気に徳の方と大泉らに傾き、国元の情勢に大きな影響をおよぼす恐れがある。そうなれば直通さまとてどうにもならなくなる。衝突はさけられん」

家士らの顔が強張《こわば》った。

この時代、藩邸は一種の治外法権である。門を閉じてしまえば、火事以外は邸内でどんな虐殺が行なわれようと外の者が立ち入ることは許されない。

赤穂浪士の吉良邸襲撃は、門を閉じて行なわれた。

「慶一郎、唐木市兵衛どのを頼れ。あの者は己の務めに誇りを持っておる。あの者の心得には侍の忠義を越えた何かがある。必ず務めを果たすだろう。二人で姫を守れ。二人ならできる。そうだ、左平を連れていけ。あれは忠義者だ。剣は使えぬがおまえの役に立つだろう。残りは出入り口を固めて応援が到着するまで堪えよ。よいな」

ははあっ——みな奮《ふる》い立った。

第五章　鎮守の杜《もり》

一

昼さがり、宮益坂の中ごろに建つ石の鳥居をくぐり、灌木《かんぼく》に覆《おお》われた数十段の石段を、別所龍玄はひたひたと踏んだ。

境内《けいだい》のとちの木が、石段に心地よい影を落としていた。

石段をのぼり切るとまた鳥居があり、そこから宮益町の町家の瓦屋根や板屋根、坂をくだって渋谷川、川の向こうに木々の間をひと筋にのぼっていく道玄坂が見渡せた。

別所は鳥居左手の手洗場で手を清めた。

境内に参詣客の姿はなかった。

じいじい、ちいちい……

梢《こずえ》で小鳥がのどかにさえずっていた。

石畳に沿ってさらに木の鳥居をくぐり、青銅屋根の社殿の前に立った。

礼をし柏手《かしわで》を打った。頭を垂れ、己の技の上達を祈った。

ひたすら強くなる。さらに強き者と立ち合い、倒す。

別所は誓った。

乾いた風がわずかに吹いた。

とちの木の枝葉がゆれ、ほつれ毛をなびかせた。

別所はその風に、己の祈りが通じたような喜びを覚えた。

神が己の祈りに応えたのだと思った。

頭をあげ、石畳を戻った。

青空に雲が流れてゆく。

鳥居の下に草履を脱いで、足袋《たび》になった。

腰に帯びた同田貫の鯉口を切った。

身を翻し、ぶうん、と空へ抜刀した。

刀をかえし斬りあげ、振りかえり斬り落とすと、境内の静寂の中に刀が鳴った。

鳥のさえずり、風のそよぎ、青空、流れる雲、輝く光、足袋が踏む石畳の音……

別所は己が生きてある確かさを覚える。

緻密《ちみつ》であり、速さを失わぬ。そこに別所の剣の真髄があった。

緻密さを求めれば遅くなる。速く打てば緻密さがおろそかになる。緻密に、速く、機を読み、髄を断つ……別所は一刀一刀に念じた。

次々と人が現れ、別所は無心に斬った。

身体《しんたい》に緻密と速さを自在に操る力が備わっていることを知ったとき、別所は己が神より授けられた使命を果たすためにこの世に遣わされたと思った。

伊東一刀流《いとういっとう》の師範代を試合で打ち負かしたのは十五歳のときだった。

あばらを砕かれた師範代は、道場でのたうった。

師は別所に、品格を身に付けよ、品格の無い剣は滅《ほろ》びる、と諭《さと》した。

別所は、嘘だ、とは思わなかった。ただ、他愛ない、と思った。

得々と人に品格を語り諭す師が、犬に見えた。

あなたは犬だ。犬の命を生きなされ。わたしには果たさねばならぬ使命がある。

別所は十五歳で道場を去った。

一年がたった十六歳の春、初めて首斬り役を務めた。

三十半ばの壮漢の旗本だった。戯作《げさく》を書き、評判を呼び、公儀に咎められた。組頭から二度目に呼び出され、もはやこれまでと悟った旗本は屋敷で屠腹《とふく》した。

別所はすべてをつつがなく、完璧にこなした。

心は一度も乱れなかった。

帰途、桜が満開の木の下を通りかかったとき、一片の花びらが肩に降った。

別所は、神のねぎらいだと信じた。

じいじい、ちいちい……

小鳥のさえずりに石段をのぼる人の足音が交じっていた。

刀を納め、草履を履いた。

編笠を手にし、野羽織野袴の山根が石段から現れた。

冷笑が歪んだ口元に浮かんでいた。

別所は境内の下を見おろした。蟬丸とその一団の白い狩衣姿が、ぞろぞろと坂をくだっていくのが見えた。

「用ができた。一日二日留守にする。おぬしはひとり、ここに残れ」

山根が言った。

「安寿姫の匿い場所が知れた。姫を始末すれば、浅野らもこれまでだ」

山根はせせら笑った。

「仕事はわれらの手で落着させる。われらが戻ってくれば、おぬしにもう用はないだろう。大泉さまよりおぬしにも少しは褒美《ほうび》が出る。それを持って帰って女房倅を喜ばせてやれ」

別所は応えなかった。言われるままにするのみだ。

「働き場がなくて、不満か」

山根が別所の沈黙に絡んだ。

「浅野親子はいかがいたしますか」

「好きにしろ。情勢は刻々と変化する。人を斬ることしか関心のないおぬしにはわからんだろうがな」

別所は山根と目を合わせた。

山根は、身分、血筋、品格を振り廻す犬だった。

別所は境内に山根を残して石段をおりた。

別所には、神のねぎらいがあればそれで十分だった。

市兵衛は安寿姫に従い、満願寺僧房の薄暗い廊下を渡った。

智栄法師の居室には、浅野慶一郎と法師が対座していた。

「慶一郎、まいったのか」

姫は懐かしき友に会った童女のように声をはずませた。

慶一郎は手を畳へ突き、若やいだ顔に清々しい眼差しを湛えた。

「姫さまにおかれましては、つつがなくおすごしのご様子、恐悦《きょうえつ》に存じます。本日、父久右衛門の命により参上いたしました」

そして姫の後ろに控えた市兵衛に膝を向け、

「唐木どの、姫さまの警護役、改めましてお礼申しあげます」

と、重ねて頭を垂れた。

日差しの下を江戸から急いできたのか、頬骨が赤く日焼けし、羽織袴が汗と埃《ほこり》に少し汚れていた。

寺を取り巻く木立ちの彼方に、はや夕方の空が見える。

「姫さま、少し痩せられましたな。前より、何かしら大人びられました」

「そう見えるか」

「さぞかしご苦労をおかけいたしたのでございましょうな。申しわけございません」

慶一郎は痛々しげに眉間をひそめた。

「苦労などない。ここでの暮らしには学ぶことが一杯あって、胸が躍る」

智栄法師が、ふむふむ、と頷いた。

「それより急の用であろう。何があった」

「ただ今も法師さまにご相談いたしておりました。火急の事態でございます。唐木どのもどうぞお聞きくだされ」

慶一郎は澄んだ目を市兵衛に向けた。

「知られた、のですね」

市兵衛は、姫の居所が知られてはならぬ者に知られたのだと察した。

「はい。討手が迫っていると思われます。姫、身支度ができ次第、寺を出ねばなりません。下屋敷へお戻りいただきます。国元より応援が明日か明後日、江戸へ入る手筈になっております。唐木どの、それまでどうか手をお貸しくだされ」

「承知しております。何なりと申し付けてください」

「痛み入ります。それでは法師さま」

「ふむ。食事をする暇《ひま》も惜《お》しむのであれば、握り飯を拵えさせる。空腹で長く歩くのは辛い。それをもっていきなされ」

夕刻の出立が決まり、智栄法師はすぐさま指図した。

庫裏に慌ただしさが満ちた。

市兵衛は手甲を付け、股引に脚半を巻き、新しい足袋を着けた。裾端折りの軽装に、連尺で背負った葛籠《つづら》へ茣蓙《ござ》に包んだ二本の大小を括り付け、菅笠の紐を顎でぎゅっと締める。そして土間へおり、新しい草鞋《わらじ》を結んだ。

身支度を済ませた安寿姫が、慶一郎と中間の左平を従え庫裏の土間に入ってきた。

姫はもう若衆髷を解いていた。

黒髪を後ろで縛り背に長く垂《た》らし、手には編笠、脇差《わきざし》を帯び、白足袋に草履の扮装は、何かそこからまぶしい光が差しているようだった。

木刀を差した中間の左平が、やはり葛籠を背負っている。

「姫さま、草履ではなく、草鞋に履き替えた方がよろしかろう」

市兵衛は葛籠から替えの草鞋を出し、手ずから姫の足に草鞋を結んだ。

栄心さま、と市兵衛は言わなかった。

納所や所化、寺男にも、栄心が若衆ではなく仙石家の姫さまらしいことは、すでに知れ渡っていた。

納所が握り飯を拵え四つの竹皮に包んでいる間、智栄法師が安寿姫に言った。

「わずかな間ではあったがお名残《なご》り惜しゅうござる。高貴なご身分ながら、寺の質素な暮らしによく堪えなされた。姫さまはご自分で思われる以上に、人の上に立つ器量を備えた心優しいお方じゃ。若さゆえいたらぬことがあっても、ときが姫さまを育ててくれよう。そのまま、そのまま人を慈《いつく》しむ心を忘れずにまっすぐ生きていかれよ」

「法師さま、わたしは……」

姫がはらはらと涙を伝わらせた。

「よいよい、旅立ちに涙は禁物じゃ」

だがそのとき、表門の方より覚念の甲高い声が響き渡った。

「大変です、大変です、市兵衛さあん」

覚念が小さな身体をはじけさせながら、庫裏の土間へ飛びこんできた。

覚念は、旅拵えの市兵衛や姫を見て、「あっ」と立ち止まった。

「覚念さん、何があった」

「は、はい。人が大勢、村の辻に集まっています。番太の団蔵と手下らです。何人かは提灯を持って街道筋を見張っていますし、白い着物をまとった気味の悪い男らも沢山いました。お侍がそいつらを指図していました」

「白い着物？　みな檜笠《ひのきがさ》をかぶっていたか」

慶一郎が覚念に質《ただ》した。

「はい。腰には白木の鞘の刀を差していました。お侍も四、五人いました」

「姫の乗物を襲ったあのときの賊です。家中の者もいるのかもしれない。間違いなく襲ってきます」

「覚念さん、団蔵の手下とその白い着物の者らは、数はどれくらいだった」

市兵衛は覚念を動揺させないように、落ち着いて訊いた。

「数は、ええっと、暗くてよくわかりません。けれど街道の見張りを入れたら、五百人くらい、二百人？　百人かな、五十人はいると思います。団蔵の手下はみんな竹槍を持っていました。団蔵が満願寺に押しかけるみたいなことを喚《わめ》き立てていました。急いでお知らせしなければと思って……」

覚念は荒い息をついた。

庫裏の戸口から見える西の空に夕焼が燃え、村はすでに黄昏《たそがれ》が立ちこめている。

市兵衛は葛籠を捨て、二本を包んだ莫蓙を解き、腰へ帯びた。

覚念は、市兵衛が黒鞘の二本を腰に差す様に目を見張った。

「慶一郎さん、左平さん、姫を守って遮二無二《しゃにむに》斬り抜け、闇にまぎれてひたすら走るしかない。よろしいな。このひと晩が勝負だ。荷物は置いていこう」

二人はまばたきもせず、こくこくと頷いた。

左平も葛籠をおろした。

「待ちなされ。裏口から寺を出て、一旦、熊野社へ身を隠しなされ。熊野社は満願寺が別当じゃ」

智栄法師が言った。

「街道をいくのは難しい。間道をいくのじゃ。村の者に道案内させる。団蔵らが寺へ押しかけてきたらここでときを稼ぐ。その間に村の者を熊野社へいかせる。道案内がいれば街道を通らず夜の間道でも江戸までいける。覚念、おまえが熊野社へ連れていってあげなさい」

南無《なむ》——と覚念が声を張りあげた。

法師は所化のひとりに、道案内に村の者を熊野社へ向かわせるように指図した。

所化が駆けてゆくと、法師が市兵衛に言った。

「さあさあ、市兵衛どの、追っ手が押しかけてくる前に熊野社にいかれよ。いき方は覚念が知っておる。姫のご無事を頼んだぞ」

「心得ました」

「姫、いつかまた、満願寺へお越しくだされ」

「法師さま」

「いけ覚念、お連れせよ」

「栄心さま、こっちじゃ」

覚念が姫の手を引き、市兵衛、慶一郎、左平が続いた。

二

墓地の潜戸を抜けて道なき林間をすぎ、村の鎮守《ちんじゅ》である熊野社の杜に囲まれた境内への小道をたどった。

夕焼が燃えつき、東の空にはいつしか白く満ちようとする月がのぼっていた。

熊野社の宮司は覚念から智栄法師の指図を聞いて、ためらいもなく四人を拝殿祭壇奥にある小さな板間へ導いた。

「道案内がくるまでひそんでいてください。何ぞ異変があればお知らせします」

覚念が言い残して戻っていった。

四人が熊野社に身をひそめたころ、団蔵を頭に、三十人ほどの手下や助っ人、さらに山根有朋に率いられた討手四名に蟬丸と配下の者ら、これも二十数名が続いて、満願寺の山門を押し開き月明かりに照らされた境内へなだれこんだ。

竹槍を手にした手下や助っ人らは気勢をあげた。

何名かは等々力村番小屋の提灯を掲げている。

「赤松栄心、おめえの素性にちいと聞き捨てならねえ評判を聞いた。番小屋でそこんとこを質《ただ》さねばならねえ。栄心、出てこい」

団蔵が静まりかえった境内にがなり立てた。

手下らが、「出てこおい」と一斉に声をどよめかせた。

「栄心、おめえがいることはわかっているんだ。用心棒の野郎もだ。三つだけ待ってやる。三つ数えるうちに大人しく出てこなきゃあ、こっちから踏みこむぜ」

ひとおつ、と団蔵が喚き、手下らが、ひとおつ、と声を揃えた。

ふたあつ、ふたあつ……みっつ、みっつ……

「よおし、てめえら、かまわねえから栄心をふん縛ってこい」

おおっ、と手下らが応えたとき、智栄法師が僧房から現れ、ゆっくりとした足取りで団蔵らへ近付いた。

後ろに所化や納所が従っていた。

「騒がしいのう。おまえは団蔵ではないか」

老師の嗄れた声に、団蔵は蟷螂のように飛び出た目を剝《む》いた。

「法師さま、妙なことがわかりやした。赤松栄心なんぞいねえ。しかもあいつは若造じゃねえで小娘だ。それもどっかのご家中の小娘だとね。女人禁制の寺に若衆と偽ってお武家の小娘を囲うたあ、どういう了見でやすか。不届きじゃねえか」

「それがどうした。その通りじゃ。栄心は仙石家というお大名の姫さまじゃ。わけあってお匿い申した。江戸で調べてきたか。おまえらが姫さまに手出しをすると、えらいお咎めを受けるぞ」

「だからよ、本物の姫さまかどうか、お調べ申しあげるのよ。見ろや、仙石家のお侍もこの通り、お見えだで」

団蔵が後ろの山根らを指した。

「仙石家のご家中の方々か。どこぞの祈禱師のような扮装をしたそちらも仙石家の方々か。仙石家のご家中も胡乱《うろん》じゃのう」

「御坊、われらは仙石家の姫さまのお迎えにまいったのだ。怪しい者ではない」

山根が身を反らして言った。

「姫さまをお連れして何とする。家臣が主家の姫さまを手にかけるのか。そのような罪深きこと、仏罰がくだされるぞ」

「ほざけ、生臭坊主。この寺こそ伊勢皇大神宮に代わってわれらが神罰をくだすぞ」

蟬丸が山根の後ろから吠えた。

「何と畏《おそ》れ多い。その方ら、伊勢の者か。よかろう。姫はもうおられん。すでに旅立たれた。疑うなら見て廻るがよい」

「よおし、てめえら、姫さまと用心棒を見付け出せ」

「心せよ。寺の者に危害を加えたり寺の物を破損すれば、寺社奉行へ訴えるぞ」

智栄法師が長い腕を頭上にくねらせた団蔵に言った。

「ええい、構やしねえ。いけや」

男らが、わっと境内の四方へ散った。

智栄法師と寺の僧らは、男らが庫裏や僧房の戸をばたんばたんと乱暴に開け閉めし、喚きつつ走り廻る騒ぎの中で、団蔵や山根、蟬丸と声もなく向き合っていた。

だが、さして広くはない境内に散らばった男らが、次々と空しく戻ってきた。

「くそ、いつの間に。おめえら、ちゃんと見張ってたんじゃねえのかい。ええい、もっと探せ」

団蔵が手下らに怒鳴った。

と、そこへ手下のひとりが本堂脇の墓地へ通じる石畳を、覚念の襟首をつかみ引きずってきたのが一同の目を引いた。

「あいたたた……」

覚念が悲鳴をあげていた。

「親分、墓地の裏の潜戸からこの小坊主が戻ってきやした。どこぞへいってやがったみてえだ」

覚念はつかまれた襟首を振り解こうと抗《あらが》っている。

「おお、覚念。いいところに出てきやがったぜ。おめえ、栄心と用心棒がどこに隠れたか知っているだろう。ええ、小坊主」

団蔵は覚念の坊主頭を、太い腕を伸ばし大きな掌でぐいとつかんだ。

「栄心はどこだ。白状しろ」

と、覚念の頭を左右に激しくゆすった。

「団蔵さん、わたしは何も知りません。お月さまがあんまり綺麗なものだから、ちょいと眺めにいっていただけなんです」

「月が綺麗だと。小坊主、ふざけやがって。ひねり潰すぞ」

「団蔵、止めなさい。子供に乱暴をするでない」

智栄法師がとがめたが、団蔵は構わず覚念の頭をゆさぶり、喚いた。

所化や納所らが止めに入り、団蔵の手下らともみ合いになった。

「ああ苦しい、団蔵さん、許してください。わたしは何も……」

そのとき、別の手下らが道案内の村人を呼びにいった所化と村人の背中を小突きながら山門に現れた。

「親分、やつら熊野社だ。こいつが道案内を務める手筈だった。急がねば取り逃がしちまうべえ」

「熊野社だと？　そうか、わかったぞ。そんな魂胆か。みんな、逃がすんじゃねえ。一気に片あ付けろ」

山根や蟬丸らが先に山門を走り出た。

団蔵の手下らが、それっ、と後に続いていく。

「小坊主、今日のところは見逃してやる」

団蔵は覚念を放り捨てた。

「わあ」

覚念がばたりと小砂利に這った。

「覚念、大丈夫か」

団蔵は覚念を助け起こした智栄法師をひと睨みし、巨体をゆらして消えた。

「策は失敗じゃ。熊野社に先廻りして姫らに知らせられぬか」
「尊師さま、間に合いません。あ、だけど……」
覚念は素早く立ちあがり、地蔵堂の傍らの鐘楼《しょうろう》へ走った。
九尺四面の鐘楼に駆けあがると、撞木《しゅもく》の縄をつかんだ。
小さな身体を鐘楼から落ちそうなほど後ろへ反らし、思い切り前へ走った。
さほど大きな釣鐘ではなかったが、ぶらさがった覚念の懸命な動きに、
ごん……
と、ささやかな音を立てた。
覚念は、また後ろへ、そして前へ走る。
ごおおん……
今度は寺の鐘らしく、月光の下に厳かな響きが流れた。
だが覚念は小さな身体を懸命に走らせながら、縄を後ろ、前と続けて引いた。
ごおおん……ごおおん……ごおおん……
ゆっくりと、しかし続けて釣鐘が鳴った。
「おお、そうじゃそうじゃ。誰か、手伝うてやれ」
二人の所化が鐘楼へ走りあがった。

よたよたしている覚念に代わって撞木の縄をつかみ、釣鐘を勢いよく続けざまに撞き始めた。

ごおおん、ごおおん、ごおおん、ごおおん、ごおおん……

異変を報せる鐘の音が、村を覆う夜空に、無気味におどろおどろしく轟き渡った。

村の住人らが「何事か」と家から出て、東の彼方に白い月のかかる夜空を不安げに眺めた。


いかん――市兵衛は思った。

ごん、ごん、ごん……

満願寺の鐘の音が、明らかに危機を伝えて鳴っていた。

市兵衛は刀の下げ緒をはずした。

それを、しゅっしゅと襷《たすき》にかけながら三人を見廻し、さり気なく言った。

「討手にこの場所を知られたようです。ここを出ます」

慶一郎はすでに同じく下げ緒を襷にし、袴の股立《ももだ》ちを高く取っていた。

「討手はもう神社に迫っていると思った方がいい。慶一郎さん、当初の通り、遮二無二斬り開いてひたすら走る。それあるのみです」

「裏手から間道を取るという手立ては」

慶一郎が言った。

「やつらは裏にも手分けしています。仮に斬り抜けても、道案内もなく見知らぬ土地の夜の間道をゆくのは却って危うい。同じ斬り抜けるなら知った道をいきましょう」

「いかにも」

市兵衛は、等々力村へきた道の逆を取るつもりだった。

「衾村、碑文谷村、中目黒村の祐天寺、そこから北へ渋谷川、それでよろしいか」

「承知」

慶一郎が応え、従う左平は木刀をぎゅっと握り締めた。

四人は祭壇奥の板間を出た。

拝殿の蔀戸《しとみど》の隙間から見た参道は、月明かりが両側の樹林に降り、黒い影を石畳へ落としていた。

左手の木立ちの下に手洗場があり、十間を超える参道の先に石段がくだり二の鳥居、さらに石段をくだって一の鳥居が見えた。

一の鳥居の下に人影が屯《たむろ》し、提灯の明かりが右や左へゆれていた。

「いる」

市兵衛が呟《つぶや》いた。

ごん、ごん、ごん……

満願寺の鐘はまだ鳴り続いている。

「わたしが前を斬り開く。慶一郎さんは後ろを頼む」

「心得た」

「左平さんは姫の側を離れるな」

「はい。姫さまを必ず守ってみせます」

「頼もしい。討手が迫ったら大声を出せ」

左平が武者震いをした。

「慶一郎さん、街道へ突き抜け、駆けに駆けますぞ」

ふむ、と慶一郎がうなった。

「姫さま、お覚悟はよろしいな」

「よい」

姫が応えた。

「わたしの後ろを離れずに」

がた。

市兵衛は二枚の蔀戸《しとみど》を外へ押した。

戸が軋み、左右に開かれると月光がさあっと差しこんだ。

その光の中に、市兵衛と慶一郎の立ち姿がくっきりとした影を描いた。

姫と左平が二人の後ろへ続いた。

市兵衛は菅笠を目深にかぶり、腰の刀をつかんだ。

慶一郎は同じく菅笠の陰で、乾いた唇をしきりに湿らしている。

脇から宮司《ぐうじ》が拝殿の下へあたふたと駆け寄り、「あれを」と、鳥居の方を指差した。

「すまん。やむを得ず清浄なる境内をお騒がせいたすことになった。怪我をせぬようさがっていてくれ」

市兵衛が詫《わ》びると、宮司は「ご、ご無事をお祈りいたし……」と言い果てもせず身をかえし、脇へ駆け去った。

そのとき、一の鳥居から人影と提灯の明かりが石段をあがってくるのが見えた。

「いこう」

三

拝殿の板階段を一気に駆けおり、参道の石畳を軽やかに踏んだ。

すると、風がたちまち市兵衛を包んだ。

鯉口《こいぐち》を切り、すらりと抜いた。

市兵衛は風と月光へ刀をかざした。

市兵衛に続いて安寿姫、左平、そして追走する慶一郎が剣を払う。

沈黙の中、ひと筋に走る四人の足音だけが参道に鳴っている。

二の鳥居をくぐった白い狩衣の一団は、参道を突き進んでくる四人に気付き、先頭の蝉丸が「それっ」と叫んで提灯を捨てた。

一斉に抜き放った白木の鞘の神刀がきらきらと光り、祈禱をとなえるようなうなり声を揃えて石段を駆けあがる。

前からの蝉丸らのうなり声に呼応して、裏手より廻った団蔵率いる竹槍を得物にした手下らが、喚声をあげて拝殿の両脇から境内に散らばった。

蝉丸ら二十数名、団蔵らはおよそ三十名。境内は地響きとどよめきに包まれた。

蟬丸と配下の一団が二の鳥居より七段の石段を駆けあがってくる。

刹那《せつな》、市兵衛は夜空へ身を躍《おど》らせた。

風がうなり、上段にかざした剣がきらめいた。

いけ——声を励ました。

先頭の蟬丸へ打ちかかった。

鋼と鋼が最初の一撃を鳴らし、かろうじて受け止めたが蟬丸は衝撃を堪えきれず、

「があぁ」

と叫び声を残して境内下の藪へ吹き飛んだ。

翻した刀で二人の面を左右に撫で斬った。

檜笠が砕《くだ》けて舞いあがる中、続いて攻めかかる刀を払いあげ、肩から突っこむ。

突き飛ばされた者と斬られた者らが、後ろを巻きこんで石段を二の鳥居の踊り場までどどっと転げ落ちた。

威嚇《いかく》のうなり声は、石段を攻めあがる者と転がり落ちる者との混乱の叫喚になった。

「囲めえ、囲んで討ち取れえっ」

喚き声が飛び、後続が石段を攻めあがってくる。

構わず市兵衛は踊り場まで飛びおり、包みこもうと計る囲みの中を斬り廻った。隙間なく肩を寄せ合い打ちかかる一団へ、斬ってはさがり、また斬りかかり、息もつかせぬ攻撃を浴びせた。

刀がはじけ飛びくるくると宙に廻り、肉と骨が砕け、血飛沫《しぶき》が吹いた。悲鳴をあげながら、囲みは崩れ、次々と石段を転げ落ちていく。

一団は明らかに怯《ひる》んだ。

踊り場は場所も狭く、多勢が囲み展開するのに不利だった。

頭の蟬丸の指図のないことも、男らの気勢を鈍らせた。

そうなると、踊り場や石段に転がる仲間を残し、無傷の者らは一の鳥居の下まで逃げるように駆けおりた。

境内下の藪に飛ばされた蟬丸が刀を杖にし、一の鳥居までよろめき出てきた。何ということだ。たったひとりの男に蹴散らされている。

「立て直せやあっ」

蟬丸は叫び、再び身構えた。

二十数名のうちはや七名が倒された。だが、まだ十五人以上が残っている。

一の鳥居の外に、蟬丸を挟んでずらりと並び隊形を組んだ。

そのとき慶一郎は境内からばらばらと迫る追っ手へ振り向き、上段に取った。

ええい、やあっ――慶一郎は叫び、竹槍の迫る中へ突進した。

手下らの先頭に立つ者へ狙いを定めた。

そのため先頭の足が止まり、慶一郎の上段からの打ちこみを受ける構えになった。

勇敢にも竹槍を慶一郎のがら空きの胸元へ突き入れた。

それを予期した慶一郎は突進を半歩脇へずらし、先頭の斜めに廻って袈裟《けさ》に打ち落とした。

喧嘩に慣れてはいても、剣術の心得のない先頭は袈裟懸けをよけられなかった。

悲鳴とともに身体を仰け反らせた。

竹槍や棍棒を振るう喧嘩でも怪我人や死人は出るが、一刀の下に斬り伏せられる刀の威力を目《ま》の当たりにするのは、手下らはみな初めてだった。

途端に手下らはたじろぎ、守勢に廻った。

「いけいけえ、やっちまえ」

団蔵が手下らの後ろで煽った。

だが突進を止めない慶一郎は、まっすぐ頭と思しき団蔵へ走りかかる。

手下らはざざっと左右へ散り、団蔵の前が開いた。

「小僧、きやがれ」

団蔵が長脇差《ながどす》を抜いた。

生き死にの修羅場は知っている。小童《こわっぱ》が、と唇を歪めた。

長い手をくねらせ、長脇差を軽々と振り廻した。

ええい、やあっ。

かあん……

上段よりの一振りを団蔵が、これしき、と払う。

だがそれは牽制であり、慶一郎は手首をかえし、落とした刀を団蔵の脇腹へ斬りあげた。

わっ、と団蔵は身体を横転させ、蟷螂のように手足を縮めて切っ先から逃れた。

そのとき慶一郎の背後から竹槍が突きかかる。

慶一郎は突きに身を沿わせて反転し、上体をかがめて男の胴を抜いた。

男は奇声をひとつ発した。

身体をよじって倒れていく。

一斉に竹槍が迫るが、手下らは慶一郎が打ちかかると呆気《あっけ》なく散った。

国元で小天狗と呼ばれる若い慶一郎の、疲れを知らぬ痩軀が躍動した。

慶一郎は囲みを破って参道を走り抜け石段を飛びおりた。

「追ええ、逃がすんじゃねえ」

団蔵の喚き声が追いかける。誰かが投げた竹槍が慶一郎の肩をかすめ、からんからんと石段に跳ねた。

慶一郎は振りかえりもしなかった。

石段の下、一の鳥居の外の街道で市兵衛と安寿姫、左平を囲む白い狩衣の一団へひたすら斬りかかった。

囲みが慶一郎の加勢で乱れた。

蟬丸らは一旦だらだらと後退し、道の前後両側に散開した。

その隙に慶一郎は市兵衛と並び、息を整えた。

蟬丸らが大きく取り巻き、次の攻撃に備えつつゆっくり進む市兵衛ら四人に、じりじりと迫った。

だが、散々に蹴散らされた蟬丸は慎重になっていた。

「無理するな。ゆっくり始末するべし」

蟬丸が喚き、一団のうなり声が低く響き始めた。

そのとき、団蔵と手下らが、わあわあと石段をくだり、街道一杯にあふれた。

「おめえら、逃がさねえぞ」

団蔵が林立する竹槍の中から吼えた。

手下らは竹槍を、かちゃかちゃと打ち鳴らした。

街道といってもさして広くない中道。なだらかなのぼりでもある。

数十人の男らが道を埋めつくし、道の両側の藪や木立ちの間にもまぎれた。

「慶一郎さん、討手が多すぎる。これでは倒されるだけだ」

市兵衛が慶一郎にささやいた。

「わたしが一気に駆け前を破る。行く手が開けたら、その隙に姫を連れて逃げるのだ。わたしはここで道を防ぎ、ときを稼ぐ」

「姫は唐木さんがお願いします。わたしがここで防ぎます」

慶一郎は声を絞り出した。

「警護役はわたしだ。わたしの指図に従っていただく。心配にはおよばぬ。ときを稼いだらすぐに追いかける。わたしに任せてくれ。いいな」

「すまない、唐木さん」

「姫、これより江戸まで駆けますぞ。どんなに苦しくとも我慢なされよ」

「わかった」

姫の清婉《せいえん》とした面差しが輝いていた。

躊躇はしていられぬ。ゆくぞ——

市兵衛と慶一郎が行く手を遮る男らへ攻めかかった。

どどどっ、と追いかける蟬丸や団蔵らの集団が、喚声をあげた。

市兵衛はひとりが打ち落としてくるのをくぐり、胴を斬り走り抜けた。

続く相手の一撃を正面で受け止め、そのまま相手の首筋へ刃を押し付ける。

そして撫で斬った。

二人が悲鳴をあげて道に横転する。

行く手を阻む男らは市兵衛と慶一郎の攻勢に押され、左右へ廻って横から攻める手に出た。

すると市兵衛はくるりと身体を翻した。そして街道の真ん中に立って小刀を抜き、二本を高々とかざしたのだった。

追っ手は立ちはだかった市兵衛に怯み、押し戻されたかのように停止した。

そこに隙が生じた。

「走れえっ」

市兵衛が叫んだ。

慶一郎が安寿姫の手を引いて街道を駆け抜け、左平が懸命に追っていく。

大きく立ちはだかった市兵衛の振る舞いが、追撃をためらわせた。

それは、どこからでも打て、と言わんばかりのゆったりとした構えだった。

間髪を容《い》れず市兵衛は、蟬丸と団蔵らへ突進を開始した。

四

衾村をすぎて、街道を碑文谷村へ向けてひたすら急いでいた。

月明かりが陸田や木々に降り、街道はどうにか見渡せた。

安寿姫を間に、前に慶一郎、後ろに左平が従っている。

市兵衛の姿は道の後ろに見えなかった。

三人に声はなく、姫は道を急ぎつつも後ろを振りかえった。

「姫、急いでください」

後ろを気にかける姫を慶一郎が励ました。

「市兵衛がこぬ」

「唐木どのは心配いりません。並の方ではない。必ず、必ず追ってこられる」

応えながら、慶一郎も気が気でなかった。

しかし今は市兵衛の言葉にすがり、姫の身のみを考え案ずるべきだった。

陸田の彼方に散在する家々の黒い影は、真夜中の静寂の中に沈んでいた。

蛙も鳴いておらず、あたりは静かすぎた。

だが先を急ぐ気持ちが、周辺への目配りをおろそかにした。

夜明け前までには、宮益坂の下屋敷へ何としても着きたい。

藩邸に入ったら応援が到着するまで姫の周辺を固め……と先の事ばかりに考えが廻った。

前方の道端に欅《けやき》の巨木が枝葉を繁らせ、降りそそぐ月明かりが影を灰色に染めていた。

慶一郎は無雑作にその木の下の闇を通りかかってしまった。

そのとき、木の陰からひゅうんと白刃が降りかかった。

あっ、と思ったとき鈍痛が肩を打った。

慶一郎は道の反対側へ横転した。

草むらへ転がったところに、姫と左平が駆け寄った。

「慶一郎」

「浅野さま」

慶一郎は肩を押さえ、

「そこに誰かいる。た、立たせてください」

と、あがいた。

欅の下の闇から人影が、ざざざ、と出てきた。

ひとりが刀を垂らし、四人が身構えていた。

五人が用心深く近付いてきた。

「慶一郎、浅野慶一郎だな。やっぱりおまえか」

刀を垂らした侍が言った。

五人の顔がおぼろげに見分けられた。

山根有朋と見覚えのない侍たちだった。

姫の襲撃に、助っ人を雇ったのに違いなかった。

「山根。おぬし、どこまで不忠を働く気か」

「何が不忠だ、不覚者。もはやこれまでだ」

慶一郎は右肩に傷を負い右手が使えず、左手で鞘ごと刀を抜いた。

姫と左平に支えられ、懸命に立とうとする。

「無駄だ。今さらじたばたするな。安寿姫さま、お命頂戴つかまつる」

山根がせせら笑った。

「無礼者。さがれ」

姫が立ちあがり、慶一郎の刀を抜いた。

左平が姫に並んで木刀をかざした。

「山根さま、ご謀反ですぞ」

そう言って震える木刀を構えた。

「下郎に政《まつりごと》はわからぬ。やれ」

山根が四人に言った。

姫は青眼《せいがん》に構えた。

四人は慣れた足捌《さば》きで、安寿姫と左平の周りを抑えた。剣をかざし、囲みを縮めにかかる。

「月の光にも負けぬ。美しい女子じゃの」

「真に、惜《お》しい」

侍らが呟いた。

「女子より金じゃあ」

ひとりが上段にかぶった。
そのとき道の後方に、疾風が巻きあがった。
上段にかぶった侍が、ふと、後ろの異変に気を奪われた。
が、その一瞬、駆け付けた市兵衛に胴へ痛撃を浴びせられていた。
うおおっ――雄叫びがあがった。
あっ。
鈍い音がして、侍は道端の藪へ薙ぎ倒された。
山根と残りの三人が目を見張った。
「姫っ」
市兵衛が姫を背に両手を広げた。
「市兵衛」
姫が叫んだ。
「間に合ってよかった」
菅笠の縁が割れ、笠の下は汗とかえり血にまみれていた。
着物の袖も裂け、血らしき黒い滲みがあり、獣《けもの》のように息も荒かった。
凄まじい激闘の跡が明らかだった。

怒りに燃える目が、山根らをたじろがせた。

山根らは身構えたが、市兵衛の疾風のごとき出現に混乱し怯んだ。

用心深くさがり、それからざざざっと引いた。

「引け」

と、山根のひと声に踵をかえし、夜道を駆け去っていった。

市兵衛は刀を納め、

「慶一郎さん、肩をやられたか」

と、道端に腰を落とした慶一郎の側にかがんだ。

「ふ、不覚です。面目ない」

慶一郎が痛みを堪え、歯を食い縛った。

「そんなことはいい。追っ手が迫っている。このまま街道をいくのは無理だ。道はわからぬが間道をいこう」

市兵衛は慶一郎を、担ぎあげるように背負った。

「姫、いきますぞ。左平さん、後ろを頼む」

市兵衛は街道をはずれ、木立ちの中へ取った。

幸い、夜空にかかる月が方角を教えてくれた。

木々の間を抜けると、田植前の水田が広がっていた。月が水田に落ちていた。

小さな水路があり、粗末な丸木橋が架かっていた。

蛙が近くの草むらで鳴いていた。

「姫……」

慶一郎の絞り出す声が、蛙を黙らせた。

「藩邸にお戻りください。わたしはここに残る。先に、先にいってください」

慶一郎が言った。

「何を言う。慶一郎を置いてはいかん」

四人は丸木橋の下の草むらにひそんでいた。

市兵衛が着物の袖を引き裂いて、包帯替わりに慶一郎の傷付いた肩に巻いていた。

水路の水が、さわさわと流れていた。

「言うことを聞いてくだされ。姫の身は姫だけのものではない。なにとぞ、そうしてくだされ。こ、これしきの傷で死にはしません。だが、闘うのはもう無理です。姫の足手まといになるだけです」

唐木どの――と包帯を巻く市兵衛の腕をつかんだ。

「こんなところでぐずぐずしては、今に見つかってしまう。姫を藩邸まで、お連れ申してくだされ。姫の身に万一の事があれば、何もかもが水泡に帰するのです。満願寺へお匿いした策も無駄になってしまう。そ、そうなれば仙石家が、大変な、大変なことになるのです」

「みなを藩邸へ無事連れ戻すのがわが務めです。わたしが慶一郎さんを担いでいく。心配なさるな」

「違う。唐木さん、あなたの務めは姫を守ることだ。わたしはあなたを雇った久右衛門の倅です。父に代わってわたしが命じます。姫を連れて、今すぐ逃げてください。唐木さん、こ、これは命令です……」

慶一郎は痛みに苦悶しつつも、「命令です」と繰りかえした。

「唐木さま、浅野さまはわたしが残って介抱いたします。どうか、姫さまをお守りし藩邸へお連れしてください。浅野さまの仰ることを聞いてください」

左平が言った。

市兵衛はためらい、言葉がない。

確かにここで夜明けを待つことは危険だった。

追っ手に見つかれば、姫を守ってどこまで闘えるだろう。

しかし、深手を負った慶一郎と左平を残していくことも忍びなかった。

「姫」

市兵衛は安寿姫を見かえった。

姫の目が、どうしたらいい、と訊いていた。

近くの草むらで蛙がまた鳴き始めた。

市兵衛は慶一郎の包帯をぎゅっと結んだ。そして、

「左平さん、慶一郎さんを頼めるか」

と言った。

「任せてください。大丈夫、夜が明ければ何とかなります。それより一刻でも早く」

「姫をお連れしたら、急ぎ戻ってくる」

「それは、いい。は、早く、いってくれ……」

市兵衛は姫の手をつかんだ。

「姫、いきますぞ」

姫が頷いた。そのとき、

「おれが、連れていってやる」

と、橋の上から声がした。

市兵衛は姫をかばって片膝に立ち、丸木橋を見あげた。

刀の鯉口を切った。

人影が、どさっと水路の草むらへ飛びおりた。

うん？　小柄な娘だ。影がこれまでの追っ手と違うことはすぐにわかった。

「お美代、お美代ではないか」

姫が不思議そうに言った。

市兵衛は驚いた。

娘は団蔵らに品川の女衒《ぜげん》に売られかけ、姫と市兵衛が賭場で助けた等々力渓谷のあの貧しい百姓娘だった。

姫が美代に駆け寄った。

「お美代、どうしてここにいるの。ここで何をしていたの」

そう問いながら、美代の両腕をつかんだ。

「満願寺の覚念に聞いた。栄心さまがどこかのお姫さまで、危ない目に遭っているって。だから追いかけてきたんだ。人が一杯いるから栄心さまがどこらへんにいるかは大体わかったけど、途中で道をはずれたからわからなくなってずいぶん探したべ」

月明かりにも、美代の笑顔がわかった。

「お美代ひとりなの？」

美代が頷いた。

「栄心さま、夜の野っ原は月明かりでも道に迷う。おれが道案内してやる」

美代はそう言って、市兵衛を見あげた。

姫が美代を抱き締めた。

「ああ、お美代、わたしたちのために助けにきてくれたのね。ありがとう、ありがとう、ありがとう……」

姫は繰りかえした。そして美代を抱き締めて放さず、涙を伝わらせた。

「お美代、道がわかるのか」

市兵衛が姫の後ろから訊いた。

「大勢が栄心さまを探してるだで、見つからぬように江戸まで道案内してやる。広尾《ひろお》の野っ原の渋谷川に、知っているじっちゃんがいる。じっちゃんは川漁師だで、おれが頼めば船で渋谷まで乗せていってくれる」

「おお、渋谷川をいくか」

市兵衛は美代の確かな言葉に胸が躍《おど》った。

「姫、姫さま」

市兵衛が促しても、姫は美代をなかなか放さなかった。

だが美代は気丈な娘だった。姫の腕をほどき、「こっちだ」と水路の草むらを走り始めた。

「しばし……」

市兵衛は慶一郎と左平にひと声を残し、美代と姫の後を追った。

五

水路の堤へあがり、そこから平田の畦道をくねった。

蛙の鳴き声と水田に映る月が、どこまでも追いかけてきた。

すぐにどこを走っているのかわからなくなったが、月はほぼ同じ方角の夜空にかかっていた。

美代の歩みは澱《よど》みなく、疲れを知らなかった。

追っ手の松明《たいまつ》は見えず、声も聞こえなかった。

畦道をいき、小広い道をすぎ、また平田の畦道をたどった。

小高い丘陵をのぼり、岨《そば》の急な林道を折れ曲がってくだり、林の中を野茨をかきわけ進んだ。

林の道が開けたときだった。

北の方角に走る松明の列を美代が「あれを」と指差した。

「追っ手は違う方角を目指しているのだな」

市兵衛が訊いた。

「うん。だども団蔵らの仲間には、この道を知っている者もいると思う。急ぐべえ」

美代は応え、飛ぶように駆け出す。

林を抜け、両側が糸瓜《へちま》のなる畠の小道をしばらくいってから、やがて農家の庭先みたいなところへ入った。

母屋と納屋《なや》のある庭では、急がずにゆっくりした歩みになった。

納屋で馬が呼び止めるようにいなき、土間をどさどさと鳴らし庭に顔を出した。

美代は納屋へ駆け寄り、馬の鼻面を撫でた。

「久し振りだな。いい子にしてたか」

美代が話しかけた。

そのとき母屋の戸が開いて、明かりの中に人影が現れた。

「誰だ。そこに誰かいるのか」

「おれだ。美代だ」

美代が馬の鼻面を撫でながら声をかえした。

「ああ、お美代か。どうした今ごろ」

「渋谷川の権爺《ごんじい》のとこへいく用ができたで、通りかかったんだ。太郎《たろう》が鳴いたから声をかけてやってるのさ」

「そうか。遠いのにてえへんだな」

「月が明るいから平気だ」

「連れと一緒か」

「知り合いと一緒だ」

「渋谷川までは遠い。切り干し芋、持っていくか」

「うん。持っていく」

美代は「ちょっと待ってろ」と市兵衛と姫を庭に残し、母屋へ駆けていった。

少したって両袖を膨らませて戻ってきた。

「これで腹がへっても大丈夫だ」

「気を付けてな」

美代は「ありがとう」と母屋の人影へ手を振った。

それからまた急ぎ足で歩き始め、平田を越えてなだらかな丘陵地の原野に出た。

美代は原野の道からはずれ、小柄な身体の腰まで埋まるおけらの自生する草地の中へずんずんと進んでいった。

草地は人の踏み締めた道とも言えぬ小道がゆるやかにくだっていて、月の光が白く降りそそぐ丘陵地は、銀色の大きなうねりのように見渡せた。

森や百姓家の影が、銀色の空かつと広がる彼方に散在していた。

溜息の出る美しさだった。

丘陵地をすぎて、また田面が続いた。

そのころになると、安寿姫は疲れ息が乱れ始めていた。慣れぬ田野の逃避行に、疲れるのは無理もなかった。

慶一郎らと別れてはや一刻（二時間）がたっていた。

しかし姫は弱音を吐かなかった。

「お美代、少し休めないか」

市兵衛が後ろから声をかけた。

美代が振りかえり、微笑んだ。

「ここで休もう」

美代が戸を開けた田面の見張小屋は、稲木と藁が狭い小屋に山積みになっていて、残りのわずかな土間に筵《むしろ》が重ねてあった。

三人は筵に座り、ようやくひと息付いた。

市兵衛は水を容れた竹筒を帯の後ろに挟んでいた。

それを姫に差し出すと、姫は喉を鳴らし、大きく胸をはずませた。

美代にも廻し、最後に自分が渇きを癒《いや》した。

美代が百姓家でもらった干し芋を窓から差す月明かりを頼りにかじった。

質素な食い物だが、姫は「甘い」と言った。

「今、どの辺なのだ」

干し芋をかじりながら美代に訊いた。

「中目黒村だ。すぐ目黒川を渡る。栄心さま、目黒川を越えたら権爺の小屋までわずかだで、がまんしてくだせえ」

姫は美代の励ましに、幼い童女のように頷いた。

美代は「おれは外を見てる。もう少し休んでろ」と、稲木の束に腰かけてのぞき窓から外を見張り始めた。

姫は干し芋を食べる手を止め、目を手元に落とした。

長い睫毛《まつげ》が細かくゆれていた。

市兵衛は夕刻からの乱戦で受けた傷に、かすかな痛みを覚えた。

それまで無心に剣を振るって気付かなかった浅傷《あさで》を、手足に受けていた。

着物も裂けている。

けれども、受けた傷以上に多くの人も斬った。

考えまい——市兵衛はわれひとり言い聞かせた。

「藩邸に戻ったら、来年の春、婚礼をあげる」

と、姫がぽつりと言った。

「さぞかし美しい花嫁御寮になられましょうな」

市兵衛は干し芋をかじった。

「婚礼など、あげずともよいのだ。わたしの婚礼をあげるために、多くの者が傷付き命を失った」

市兵衛は沈黙を守った。

窓の脇の美代が、月の光を浴びてじっと外を見ている。

「市兵衛は、わたしがなぜ満願寺に匿われていたか知っているか」

「ご家中に姫を亡きものにする企みがあり、その企みよりお守りするため、とうかがったのみで、ご家中の事情は存じません」

「わたしは、義母上《はは》さまに憎まれておる」

市兵衛は頭を垂れた姫の方を向いた。

ほつれた黒髪が、汗ばんだ頬にこびり付いていた。

「ご正室の、徳の方さまですな」

姫がこくりと頷いた。

それから姫は、自らの婚儀を発端に両派の対立が家中に広がった経緯を、ぽつぽつと語った。

「九鬼家との婚儀は父直通の意向であり、京極家より養子を迎えることは義母上の意向なのだ。義母上には江戸家老の大泉義正が付いておる」

姫はそう言って顔をあげた。

「つまらぬ、本当につまらぬ争い事だ。そんなつまらぬ事のために、市兵衛は人を斬らねばならぬのであろう」

と、市兵衛を見つめた。

「京極家から養子を迎えて家中の争い事がなくなるのなら、婚礼など取り止めたらいい。どちらが政を動かすかなどと争っているより大事なことが、なさなければならぬことが世の中にはあるのではないか」

　市兵衛は応えなかった。

「市兵衛は、但馬にも百姓一揆が起こっていると言ったな。百姓が一揆など起こさずとも済むような政を行なうのが、武家のなさねばならぬ務めであろう」

　初々《ういうい》しく、健気に、姫の澄んだ眼差しが訴えていた。

「姫さまのような方がおられれば、いつか必ず、そういう世がきます」

　姫は戸惑いを浮かべた。

「あ、あれは団蔵らだ」

　美代が窓の外を見つめて言った。

　市兵衛が窓へ立つと、田面の彼方の街道に並ぶ木々と思われる間を、提灯の灯が点々と目黒川の方へ移動しているのが見えた。

「あれが団蔵らなら、さっき北の道を取っていた一味と、追っ手は二手に分かれたのだな。団蔵らは先廻りするのではないか」

「団蔵らはこのいき方を知らねえし、渋谷川の権爺も知らねえ。ただ、油断はならねえ。栄心さま、いこう」

　美代が立ちあがった。

若い姫は、わずかな休息ですっかり回復していた。

三人は早足になった。

田面をすぎて、幾つめかの丘陵地をくだった。

ほどなく、谷を流れる目黒川が見えてきた。

坂をくだり、目黒川に架かる小橋を渡った。

黒い川面にも月が落ちていた。

「姫、目黒川を越えるともう江戸ですぞ」

市兵衛は姫の真っ直ぐに伸びた背中に言った。

このあたりは、江戸朱引内の坤《ひつじさる》（南西）の果てである。

「江戸に戻ったのか」

姫は目黒川を越えてなだらかなのぼり道を取りながら、夜空を見あげた。

短い間だったろうが、等々力村ですごしたときは姫の心根に何かをもたらしたのに違いなかった。

道は田や畠の間をくねり、また雑木林の中を幾重《いくえ》にも折れつつ、のぼったりくだったりした。

やがて畠の向こうに広い敷地を持つ大名の下屋敷の土塀が見え始める。

松林や竹林も、ところどころに見えた。

広尾の野っ原だった。

美代はもう道のない道を取ることなく、確かな足取りで一本道をたどっていた。

そうしてさらに半刻を歩き続けて最後の坂をくだり、三人はとうとう渋谷川の堤に立った。

大きな月が西の空に傾いて、対岸の家並は寝静まっている。

姫が月を見あげ、額の汗を拭った。

上流へ少しいった先に、堤道の木陰に粗末な小屋がうずくまっていた。

堤下の水草の間に杭《くい》が立ち、川船が舫《もや》っていた。

美代が小屋へ駆けていき、破れた板戸を叩いた。

「じっちゃん、じっちゃん、美代だ。起きろ、じっちゃん……」

美代が呼び続けた。しばらくして、

「お美代か」

と、小屋の中から嗄れた声がかえってきた。

板戸が開き、権爺がいがらっぽい咳《せき》払いをまいた。

「お美代、どうした」

それから権爺は薄い髪をかきむしり、欠伸《あくび》をした。

「じっちゃん、こんな刻限に済まねえ」

美代が声をひそませた。

「この人たちはおれの恩人なんだ。この人たちを宮益坂の河岸場まで、乗せていってくれねえか」

「この刻限に宮益坂の河岸場へ、か。そこまででええのか」

美代はこくりと首を振った。

権爺は市兵衛と姫に目を投げた。

弱い月明かりでも、権爺が七十を超えていそうな老爺であることはわかった。

ただ、痩せてはいるものの背中が伸び、仕種に力があった。

権爺は美代に目を戻し、

「追われて、いなさるのか」

と、嗄れ声を川縁の静寂に響かせた。

美代がまたこくりと首を振る。

ふうむ、と権爺はうなった。

「お美代の恩人なら、何があっても引き受けねばなるめえな。いくべえ。任せろ」

美代の笑顔が振りかえった。

権爺の身支度は早かった。

櫂《かい》を肩に担ぎしっかりした足取りで川縁へおり、杭に括り付けた縄を手繰《たぐ》って船を寄せた。

「さあ、乗りなせえ」

舳先に足を掛けて市兵衛と姫に言った。

姫は川縁の草地に跪《ひざまず》いて、美代をひっしと抱き締めた。

「お美代、ありがとう。お美代の恩は一生わすれない」

そう言った声が潤んだ。

「元気で、親兄弟仲良く、暮らすのよ」

美代が頷いた。

「お美代、この礼は後日必ずする」

市兵衛も言った。

「礼なんぞいらねえ。栄心さまらに助けられたのはおれだ。栄心さま、ええ嫁っ子になってくだせえ」

まあ、と姫はまた美代を抱き締めた。

「はよう、乗ってくだせえ」

権爺が促した。

市兵衛と姫が船に乗ると、権爺は「せえい、やあ」と、老い錆びたかけ声をあげ竿で岸辺を突いた。

船はゆるゆると、滑らかに川面を滑り出した。

「お美代、さようなら、さようなら……」

姫が船端につかまり、手を振った。

頰に涙がはらはらと伝わった。

さようなら、さようなら……姫が声をしきりに投げた。

美代は川縁で手を振っていた。

けれども、櫓《ろ》に替えた権爺の操船が速度を増すと、堤に駆けあがり、それから月の光の下を手を振りながら追いかけてきた。

第六章　宮益坂《みやます》

一

渋谷川の川筋は、西を目指してゆるやかに蛇行し、川沿いの北側に広尾百姓町の家並が黒々と連なって、祥雲《しょううん》寺の屋根影も見えた。

しかしわずかな町地はすぐに途切れ、両岸は寂しい百姓地が続いた。

北側には、木々に囲まれた寺院や武家屋敷の影と、背景には高台の樹影と屋敷の屋根屋根の連なりが望まれた。

川筋の南側は田園が広がり、薄墨色に沈んでいる。

市兵衛が表の船梁《ふなばり》へかけ、姫は胴船梁へかけていた。

美代はとうに見えなくなり、市兵衛は安寿姫の静かな吐息を聞いていた。

とき折り、川面を魚がぽちゃりと跳ねる音がした。

ほかに聞こえるのは、権爺の漕ぐ櫓の音と両岸の蛙の鳴き声だった。

姫は何も言わず、市兵衛も声をかけなかった。

ただ市兵衛は、この務めを果たし得て生き延びたなら、安寿姫と武蔵野の野を駆け続けた今宵のときを、どのように思い出すのだろうか、と考えた。

不思議な夢でも見たようにだろうか。それとも……

そうして川筋が西から北の方角へゆるやかに大きくくねり、船は渋谷広尾町の小橋をくぐった。

渋谷広尾町をすぎれば、宮益町の河岸場までさほどときはかからない。

市兵衛は西に傾いた月と夜空を仰いだ。

だがそのとき、不穏な物音が静寂を乱した。

堤の後方より多数の人が駆けてくる足音だった。

市兵衛と姫が振りかえった。

権爺も櫓を漕ぐ手を止めず、後方をうかがっていた。

後方の堤に提灯の灯がちらちらとゆれていた。

明かりは無気味にゆれながら、次第に近付いてくる。

団蔵ひきいる追っ手に違いなかった。

「姫、追い付かれたようです」

姫は後方の明かりを見つめつつ、覚悟を決めたように強く首を振った。

「すまぬが船を岸へ着けてくれ。ここから走る」

だが権爺が言った。

「おめえさんら、底板に小さく固まって静かにしてろ。おれが言いくるめるだで、早くしろ」

咄嗟に市兵衛は姫の手をつかみ、抱き寄せた。

そして姫を両腕に包みこみ、さな板にさっと横たわった。

姫の身体が市兵衛の腕の中にくるまると、吐息が首筋に触れた。

権爺が横たわった二人の上から、黒い大きな網をばさりとかぶせた。

「動くでねえぞ」

権爺が声をひそませる。

櫓を漕ぐ音が始まり、また蛙の鳴き声がざわざわと聞こえた。

だがその中に、明らかにおどろおどろしい足音が交じり、次第に近付いていた。

姫の身体は熱く、小さな震えが伝わってきた。

差した脇差がさな板に触れ、か細くことことと鳴った。

市兵衛は腕に力をこめ、震えを止めた。

姫は市兵衛の前襟をつかみ、さらに市兵衛の懐深くしなやかな身体を沈めた。

そして市兵衛の胸の中に顔を埋め、強く押し当てた。

姫の髪が森の木々のように匂った。

堤を走る足音がだらだらと、はっきり聞こえた。

男らの吐く息やら話し声やらも聞こえた。

「おおい、そこの船頭、ここら辺で三、四人連れの男と女を見かけなかったか」

堤から男の声がかかった。

市兵衛は姫の背中で、かちりと鯉口を切った。

姫の吐息が激しくなった。

「なんだ、おめえさんら、今ごろそんなに大勢で竹槍つかんで、何してんだ」

「何でもいいだで。人を探してるんだ。三、四人連れの男と女を見かけなかったかと訊《たず》ねてる。訊ねたことに応えろや」

「三、四人連れの男と女？　おれはここら辺で魚獲《と》って五十年暮らしてきた。ひでえ雨風のとき以外は毎晩漁をしてるが、こんな夜更けにここら辺で人を見かけたことは、これまで一度だってねえな」

権爺が応えた。

「おめえ、川漁師か」

「そうだ。見りゃあわかるべえ。ここに網があらあ」

「ふん、多摩川と大違いだで。こんなどぶみてえな川で何が獲れるんだ」

「そりゃあ、鯉《こい》も鮒《ふな》も獲れるし、鯰《なまず》だって獲れる。たなごにうぐい、ぼらもいる。いろいろだあ。おれはここで五十年、稼いできたんだ。おめえさんら、多摩のもんか。多摩のもんが何しにきた。ここらは江戸の御番所のお役人が見廻る場だ。おめえさんら、そんな物騒な物持って、でえじょうぶか」

「おれたちゃあ、役目で人を探してるんだ。番所なんぞ目じゃねえ」

「おい、よけいなことを言うんじゃねえ。いくぜ」

だらだらと今度はすぎ去る音がした。

「まだ、動くでねえぞ」

権爺がささやいた。

市兵衛はわずかに安堵を覚えたが、姫はしがみついた手を離さなかった。

市兵衛の腕の中で、傷付いた獣のように動かなかった。

ただ身体の熱と胸の鼓動だけが、市兵衛の鼓動と絡み躍っていた。

「ちきしょう、またきやがった」

櫓を漕ぎながら権爺が呟いた。

「おおい、その網の下は魚か」

だっだっだ、と戻ってきた足音が言った。

「うんにゃあ。今夜はまったくだめだ。いつもならもうあがるときだが、これじゃあ話にならねえ」

「ちょいとその網をどけて、見せろ」

市……姫の忍ぶ声が呼んだ。

市兵衛は姫の髪に掌を当て、そっと包んだ。

「なら、この先の漁場で網を投げるだで、そこまでついてくればええ。そこでだめなら今夜はもうあがるでよ」

ちぇっ、と男が舌打ちをした。

「親分がきたぜ。じじいなんぞほっとけ。いくぜ」

「まあいいか。じじい、しけた漁なんぞ止めて帰って寝ろ」

「ああ、おめえらもいい加減に在へ帰《けえ》れ」

足音がだらだらと遠ざかっていった。

権爺の櫓の音が続いている。

「このまま宮益町の河岸場までいくでよ、もうちょっとじっとしてろ」

さな板一枚を隔てて流れる水のゆらぎが、横たわる身体に感じられた。

市兵衛は殺していた息を、そこでゆるやかに吐いた。

姫の背中で刀をかちりと納めた。

そのとき姫の安らいだ息とともに、姫の長い手が抱きかえすように市兵衛の大きな背中に廻った。


団蔵は渋谷川に架かる四ノ橋から南側の堤を渋谷へ向かっていた。

夜明けまでには引きかえさなければならない。

まだ間はある。

とはいえ内心、団蔵は思いも寄らぬ深みにはまった焦《あせ》りを覚えていた。

栄心という若衆に化けていやがったあのいまいましい娘っ子への仕かえしと、娘っ子を始末できれば山根有朋より褒美《ほうび》がもらえる話に乗って、襲撃をかけたまでは思い通りに事が運んだが、そっから先がとんだ誤算だった。

娘っ子の用心棒が、あれほど腕が立つとは思わなかった。

人とも思えぬほどの使い手だった。

助っ人に雇った近在の博徒らが手もなくやられた。

何て野郎だ。考えるだけで身震いがした。

それに、等々力村からの夜道をどこをどう逃げやがったのか、それも解せない。

蝉丸一味と分かれ、目黒村から目黒川を越えて白金台《しろかねだい》、そして渋谷川へ出る道を追いかけた。

わかりきった道はいかねえ。どっかで間道へ入るはずだ。

女連れの足では目黒川までに追いつけると睨んだのが、結局、わからず仕舞いに江戸まで追いかけてきてしまったのはまずい。

江戸の町を騒がせたらどんな咎めが降りかかるか、考えただけでもぞっとした。

だがここまできて今さら引きかえせねえ、と団蔵は煮えくりかえる思いを持て余していた。

手下や助っ人をこれほど失って、団蔵はもう引くに引けなくなっていた。

このまま引きさがったら団蔵の顔はつぶれ、等々力村の番太でいられるかどうかも怪しくなる。

村名主の太左衛門や陣屋の手代の佐々らが、死人や怪我人を大勢出し、村を騒がせた団蔵をかばうとは思えなかった。

あのいまいましい仙石家の娘っ子を始末し、たんまり金をもらってなんなら村を捨てたってかまわねえ。

くそっ、あの用心棒、あいつの所為《せい》で、何もかもがぶち壊しだ。

団蔵は飛び出た大きな目を、煮え繰りかえる怒りで震わせた。

「てめえら、ときが惜しい。急げ」

団蔵は従う手下らに喚《わめ》いた。

そこへ、堤の先へ様子を見にいかせた手下らが駆け戻ってきた。

「だめだ親分。影も形も見えねえだで」

手下が息をはずませて言った。

「くそ、どこへ消えやがった。途中のどっかに隠れていやがるのか。いいだろう。夜明け前までに探して、何としても始末しろ。だめならてめえら、一銭にもならずに村へ戻ることになるぞ。それでてめえら、男の顔が立つのか」

団蔵は悔しそうに唇を噛んだ。

「やつら、もう蟬丸さんらにやられちまったんではねえか。親分、蟬丸さんらは今ごろどうしてるんで」

「蟬丸なんざあ口ほどにもねえ。たったひとりか二人の侍に、散々蹴散らされやがってよう。あいつらにやられたなんてこたあねえ。やつら、必ず現れる」

「けど、さっきそこの川漁師に訊ねやしたが、そんなやつらは見たことねえと言ってやしたで。この道じゃねえんでねえか」

「川漁師？　おめえ、船を見たのか」

「へえ。今夜はまったく漁はだめだといっておりやした」

「おめえら、船の中はちゃんと調べたんだろうな」

「そ、そりゃあ、もも、もう、漁師にちゃんと、訊きやした」

「馬鹿野郎。調べてねえな。船はどこだ」

団蔵ががなり立てた。

「向こうの、方へ」

手下が川筋の先を、おどおどと指差した。

「向こうたあ、宮益坂の方じゃねえのか」

「あ、まあ、そ、そうかも……」

団蔵が手下をいきなり張り倒した。

「その船だあ。追っかけろおっ」

団蔵が川堤に怒声を響かせた。

二

宮益坂はまだ、深い眠りについていた。

矢倉《やくら》往還の江戸のはずれ、昼間は大山道中の旅人が茶屋や立場《たてば》に賑わいを見せる宮益町は、淀橋《よどばし》台地を切り通して百人町から渋谷川までくだる宮益坂の道端にささやかな商人町の軒を列ねていた。

坂の中ほど、御嶽神社の木立ちや屋根が鉛色の夜の帳に包まれていた。

神社の反対側には寺の甍《いらか》も見える。

市兵衛と安寿姫は、宮益町の河岸場から宮益坂を急いでいた。

犬の遠吠えが夜空に木霊《こだま》した。

目指す坂の上に西に傾いた月光が降りそそぎ、漆黒の夜空を背に、道は坂の上でつきていた。

市兵衛は姫の手をしっかりと握り、一気に坂を駆けあがっていた。

姫の息は荒く、頬に朱が差していた。

この坂をのぼり切れば、仙石家下屋敷の土塀が南側に始まる。

そして坂の上に出れば、市兵衛と安寿姫の旅が終わるのだ。

だが、市兵衛は不意に足を止めた。

御嶽神社の鳥居から、檜笠に顔を隠した白い狩衣姿の男らが、野犬のように身をかがめ、無気味なうなり声を這わせつつ走り出てきたのだった。

頭らしき男が、神刀を宙にかざし振った。

かがんでいた男らが身を起こし、坂道をふさぐ構えで展開した。

蟬丸率いる一団は、まだ十数人の手勢が残っていた。

予期はしていた。

斬り開く。

市兵衛は姫の手を離し、すらりと抜刀した。

「姫、遅れずについてくるのですぞ」

背後の姫に言った。

「遅れぬ」

姫の声が凜と坂道に木霊した。

市兵衛は刀をたかくかざし、両手を広げて坂をのぼり始めた。

そのときだ――

神社の鳥居と向かい合う町家の軒下にうずくまっていた黒い岩塊が、むっくと身を起こしたのだった。

手下らは市兵衛へ注視し、その岩塊に気付かなかった。

「殺《や》るべし」

蟬丸が祈禱で鍛えた声を発した。

うなり声がひと際高くなった。

刹那、岩塊が走り出る。

身の丈以上に見える長刀を上段に取り、地をゆるがした。

?――気付いたときは手遅れだった。

軒下に近いひとりに、ずん、と衝突する。

突然左肩を砕かれた男が悲鳴とともにはじき飛び、坂下へ転がっていった。

続く二人目は岩塊の攻撃に応変できず、かぶった檜笠もろとも顔面へ長刀を打ち落とされた。

檜笠が破片になって砕け散り、ひと声叫んで横転した。

蟬丸らの隊形は二人目の横転に巻きこまれ、ばらばらに乱れた。

「恐れるな。立て直せや」

蟬丸が刀を振るって喚いた。

だが岩塊は一瞬も止まらず、三太刀、四太刀、五太刀……と一団へ浴びせかけた。

態勢を立て直すどころか、蟬丸自身が斬り廻る岩塊の勢いを防ぐのが精一杯だった。

「囲んで討て」

蟬丸の声に励まされ、岩塊の後ろへ廻りこむことを計った男へ市兵衛は、すすっ、と接近した。

袈裟懸けの一撃を、たあん、と浴びせる。

男が仰け反り伸びあがって、そのまま倒れていくのを見ぬまま、市兵衛は岩塊へ振り向いた。

「弥陀ノ介、おぬしなぜここにいる」

弥陀ノ介は長刀をぶうんと夜空へ翻《ひるがえ》してから、窪《くぼ》んだ眼窩《がんか》の底に光る目をゆるませ、瓦をも嚙み砕きそうな白い歯を剝き出した。

「やっと会えた。ここら辺にいれば、そのうちおぬしが現れると思ってな。おぬしの身を案ずるお頭と気まぐれなおぬしの間を取り持つのは、ひと苦労だぞ。はは……」

安寿姫が、あまりに無気味な破顔に思わず市兵衛の背中へ隠れた。

「姫、ご安心なされ。この男はわが友です」

そう言って、弥陀ノ介に続けて訊いた。

「兄上も承知か」

「ああ。おぬしが何をしていたか、ほぼご存じだ。そちらのお方が仙石家の安寿姫さまか。美しいのう。月の光も色褪せる」

弥陀ノ介は蟬丸らへ向き直り、

「話は後だ。こやつらはおれが引き受けた。おぬしは藩邸へ姫さまをお連れ申し、己の務めを果たせ」

と続けた。

「すまん。助かる」

けれどもそのとき、姫の手を取った市兵衛の目に、渋谷川を渡り宮益坂を駆けあがって迫る団蔵と手下らが映っていた。

「市兵衛っ」

姫が叫んだ。

坂の上には蝉丸ら、坂の下からは団蔵らが市兵衛と姫の行く手を阻《はば》んだ。

「ははは、大勢きたのう。市兵衛、おぬし、仰山に恨まれておるのう」

弥陀ノ介が磊落《らいらく》に言った。

「弥陀ノ介、そちらを頼む」

「いいとも市兵衛。面白いのう」

弥陀ノ介が再び蝉丸らへ突進した。

刀が乱舞し、喚き声が交錯し、鋼が鳴り響いた。

「姫、脇へ退《の》いておられよ」

市兵衛は刀を垂らし、数歩、坂をくだった。

そして、二十人近い手下らを率い駆けあがる団蔵へ言った。

「団蔵、ここはもう江戸ぞ。等々力村の番太が江戸に現れ、無頼を働くか」

「てめえ、野良犬が。ゆっくり斬り刻んでやりてえが、てめえなんぞ斬ったところで一銭にもならねえ。見逃してやるから、その小生意気な娘っ子を渡せ」

「己の欲のために己自身を滅ぼすときがきたな。わずかな金のために命を捨てるのはお前の一生に相応《ふさわ》しい。その愚鈍な頭に銭を詰めこんで成仏《じょうぶつ》させてやる」

「しゃらくせえ。まとめて始末してやらあ」

先頭の何人かが、市兵衛に竹槍を投げた。
市兵衛は事もなげに、からからと払った。
「かかれ」
手下らが竹槍をかざし、喚声をあげて攻めあがる。
市兵衛はすみやかに坂をくだる。
両者はまたたく間に肉迫した。
わあああ……
手下らは竹槍で叩くように打ちかかってきた。
すると市兵衛は竹槍の届かぬ間を置いて、足を止めた。
竹槍が地面を激しく叩いた。
何人かが脇から市兵衛の後ろへ廻ろうと計る。
市兵衛は廻すまいと後退に転じ、手下らの打撃を払いながら後退った。
手下らは勢い付いた。
市兵衛は後退りを続けた。
勢い付き、前へ前へと踏み出して打ちかかる竹槍を払うのに必死に見えた。
「いけいけ」

手下らは束になってさらに勢い付いた。

たまらず市兵衛はくるりと反転した。

手下らの気勢から、逃げたかに見えた。

その機を逃がすまいと、団蔵が先頭に立った。

「逃がすな、逃がすな」

団蔵の動きは、大きな図体を虫のようにくねらせる見かけ以上に俊敏だった。

逃げる市兵衛に迫り、

「こなくそっ」

と、長脇差《ながどす》を軽々と市兵衛の背中に浴びせた。が――

翻った市兵衛の痩軀がひらりと横へ廻り、団蔵を泳がせた。

廻りながら放った右からの一撃が、団蔵の肩の厚い肉と骨を砕いていた。

団蔵が目を剝いた。

手下らの動きが一斉に止まった。

身体をよじった団蔵の前に市兵衛は身体をかがめ、言った。

「団蔵、賽の目は半だ」

「こ、この野郎……」

団蔵が吐き捨てた。

上体がゆれ、三歩さがった。

そして、巨木が折れ曲がるように仰向けに倒れていく。

わああ、と手下らが団蔵の周りから散った。

三

その男は、坂の上の白い月光を浴びて、たったひとりで佇んでいた。

羽織を肩にかけた中で両腕を組み、袴の股立ちを取って、ゆったりと両足を開いている。

坂の途中より遠目に見あげても、黒足袋に草履、腰に帯びた黒鞘の二本、総髪にきりりと結った髷まで、一幅《いっぷく》の錦絵に描かれたような侍の扮装《いでたち》だった。

坂の下では、引き足になった蟬丸らを追って、弥陀ノ介と、一味らとの干戈《かんか》の響きがまだ続いていていた。

団蔵の手下らは逃げ去った。

市兵衛は姫の手を引いて坂を一駆けにあがっていた。

けれども侍は、坂の上の白い月光を浴びて、たったひとり佇み、じっと市兵衛を見おろしていたのだった。

侍は動かず、ゆるぎない自信を全身にまとっていた。

こういうときが、くるのだな——市兵衛はなぜかそう思った。

「姫、お待ちくだされ。これが最後です」

市兵衛は引いていた姫の手を離し、侍を見あげたまま言った。

市兵衛の感じた何かを、姫も侍の姿に感じたのに違いなかった。

何も訊かず手を離し、坂の上の光へと市兵衛を解き放った。

市兵衛は坂をゆっくりとのぼりながら、刀を振って血糊《ちのり》を払った。

それから菅笠の顎紐を解いて道に捨てた。

それを合図に、侍は肩の羽織を開いて大鳥の羽のように落とし、草履を脱いだ。

刀をつかんだとき、かちり、と鯉口を切る音が聞こえた気がした。

市兵衛はなおも坂をのぼり続けた。

刀は脇へ垂らしていた。

侍が身体をわずかに開いて、静かに抜刀する。

それは鮮やかな光を放つ長刀だった。

ゆるやかな青眼《せいがん》に構えた。
間は二間半、市兵衛は足を止めた。
侍の幾ぶん頰のこけた顔には、熱狂も憎悪も怒りも見えなかった。
見えるのはただ、静かに漲《みなぎ》る自信のみだった。
「おぬしに遺恨はない。ただわが務めを果たすのみだ」
青眼をやや下へ構え、別所龍玄が澱《よど》みなく言った。
「同じです」
市兵衛はかえし、一歩踏み出し八双《はっそう》に構えた。
市兵衛は坂をのぼり切る少し手前に対峙《たいじ》した。
月は市兵衛の背中にあり、落ちた影が別所の足元へ伸びていた。
互いに名乗らなかった。
名など、もはや二人に意味はなかった。
別所が青眼を上段へ移した。
ゆるぎなく、一分の狂いも見えない。
凄まじい――市兵衛はまた思った。
己を研ぎ澄ますことのみに収斂《しゅうれん》した妖気が、立ちのぼったかだった。

最初の一歩を踏み出したのは別所だった。

市兵衛は一歩遅れた。

別所は乱れもためらいもなく、接近してくる。

市兵衛は、これほどの使い手と雌雄《しゆう》を決するのは初めてだと知った。

市兵衛も進んだ。

風になれ、と己に言った。

間は一間半、そしてたちまち一間を切った。

別所の眼差しが石仏の目を思わせた。

近すぎる。

互いに常軌を逸した間まで肉迫した。

手を伸ばせば触れそうな、そう見えたとき、

「ふむ」

別所の上段からの一刀がうなりをあげた。

市兵衛は一撃に身を沿わせた。

切っ先が市兵衛のほつれた髪を、ぷっと夜空に舞わせた。それから肩の布地を裂いた。だがそれは引き戻されていく。

市兵衛の大地を踏み締めた足が、瘦軀を跳ねあげた。
全身の膂力《りょりょく》を湛えた八双から、別所へ打ちかかる。
かあん。
別所がはじきかえす。
翻る刀が斜め上段から、身をすぼめた市兵衛の耳元の空を、ぶうんと走る。
その後へ、八双に立て直した市兵衛が追撃をかける。
二人の間に三尺と間はない。
互いに胸の鼓動すら聞こえた。
別所の長刀が受け止めた。
きりきりきりきり……
鋼が鳴り、牙《きば》と牙が嚙み合った。
市兵衛は総身の力を嚙み合う刃にそそいだ。
市兵衛は疾風の中にいた。
ずずっ、と別所が堪える。
「ふむ」
別所は市兵衛を突き放した。突き放して打ち落とす。狂いはない。

狂いはあった。
別所は市兵衛を己の十分な間まで突き放すことができなかった。
別所は、自重すべきだった。
だが別所はなぜか無理をした。
これまで一度も間違えたことのない自信と経験が、別所をいかせた。
別所の次の一撃は、速さも、緻密さも欠いた。
市兵衛は別所の剣を傍らへ泳がせた。
体勢を直す間を与えず八双より斬りかえす。
がしん、と別所が跳ねかえす。
狂いは、わずかにあった。
別所は顔をそむけた。
二歩、三歩、さがっていく。
別所のこめかみから、すうっとひと筋の血が垂れた。
おお——別所が驚きと感動の声をあげた。
「安寿姫、お命、頂戴つかまつる」

安寿姫が振りかえると、山根有朋が刀をかざしてすぐ側に迫っていた。

山根はひとりだった。

姫の顔へ切っ先を突き付け、薄ら笑いを浮かべた。

そして大きく踏み出した。

姫は脇差を抜いたが、山根はそれを易々と払った。

脇差は道端の町家の板戸へぶつかって転がった。

板塀沿いに後退《あとずさ》ったが、逃げる間はない。

「よく逃げられたが、所詮空しいあがきでしたな。ここまででござる」

姫は山根を憐れみの目で見つめ、言った。

「山根、刀を捨てよ」

「ふふん。姫、お許しくだされ」

山根は戯言《ざれごと》のように言った。

「お家のためでござる」

姫が顔をそむけたときだった。

ぶっ、と山根の胸から血が吹いて、血まみれの刀が突き出た。

薄ら笑いのまま、山根の顔が硬直したかだった。

ああ、ああ……

何か言おうとしたのか、息が漏れた。

落とした刀が、坂道を転がった。

刀が引かれると、山根は頭を落とし、胸よりあふれ出る血を不思議そうに見た。

それから膝を紙のように折って、へたりこんだ。

後ろに岩塊の弥陀ノ介が、背よりも長いに違いない刀を顔の高さに引いた格好でうずくまり、姫に薄気味悪く笑いかけた。

「姫さま、ご無事か」

瓦をも噛み砕きそうな白い歯が、てらてらと光った。

山根が、どう、と横転して身体を痙攣《けいれん》させた。

血が山根の周りに広がっていく。

そのとき、かん、かん、と干戈の響きが聞こえ、姫と弥陀ノ介が坂の上を見あげると、二人の侍が壮絶な闘いを演じていた。

惨たらしい生の踊りと美しい死の舞いを、月光の中で舞っていた。

別所龍玄は神より、この男と出会い闘い倒す願いを叶えられたことに、感謝の祈りを捧げた。

こめかみから流れる血は、別所への神よりの賜物《たまもの》だと知っていた。

何と大らかな、美しい剣を使う男かと、別所は思うのだった。

一瞬のたゆたいもなく、それでいてのどかな風に吹かれている清浄さが、別所の脳裡に青き山を描かせた。

別所は上段へ構えた。

誰よりも速く、誰よりも緻密に斬る。機に臨み、髄を断つ。これこそが剣の至高の境地だ。自分はそれを極めるために選ばれた者なのだ。

「名は」

別所は男に言った。

しかし男は黙したまま、八双の構えで肉迫する。

初めて死を恐れぬ相手と出会った。

この相手を倒すのは歓びだった。けれども惜しい。もう二度とこのような相手には恵まれぬであろう。名を知りたいと思った。

「ふむ」

別所は、誰よりも速く、誰よりも緻密な一撃を見舞った。

一瞬、男の身体が風に乗ったかに見えた。
同時に、肩から胸、腹にかけて、これまで受けたことのない圧迫を覚えた。
別所の剣は空を舞い、身体が浮いた。
別所は間違えてはいない、と思った。
己の振る舞いに疎漏《そろう》はない。
けれどもこれは、身に覚えのない出来事だった。
別所は膝を折った。
そうして坂の上に横たわった。
おれは何をしている。
男が、八双の構えを崩さぬまま、月を背に別所を見おろしていた。
美しい男だ、と思った。
この男に無様《ぶざま》な真似は見せられぬ。気位が別所を許さなかった。
別所は多くの命を殺《あや》めた同田貫を杖《つえ》に、上体をようやく起こした。
血が膝を伝わり、地面へ滴《したた》った。
家で待つ妻と倅を思い出した。家で食べる夜食を思い出した。
家に帰る——別所は思った。

「落とせ」

と言った。

男はただ静かに一歩を踏み出した。

剣を高々と夜空へ掲げた。

別所は男に問うた。

「名は」

「名もなき、渡り者です」

市兵衛は最後に言った。

四

四辻より古川《ふるかわ》に架かる赤羽橋《あかばね》へくだる通り、熊野社の手前を西へ折れる熊野横町にある御師清雅の住む裏店のどぶ板を、白い狩衣姿の男らが傷付き疲れた身体を引きずりながら鳴らした。

夜明けに近い空に、濁った白みが差していた。

ほどなく一日の始まる刻限に近いが、路地はまだ眠りから覚めていなかった。

どの家も板戸が閉じられ、路地奥の稲荷の祠に薄く靄《もや》がかかっていた。

「蟬丸さん、着いたぞ。気をしっかり持て」

清雅が振りかえり、二人の手下に両脇を抱えられた蟬丸を励ました。

蟬丸は額と腹に、浅からぬ傷を負っていた。

仲間は蟬丸を入れて七人に減っていた。

これから先のことを思案できるありさまではなかった。一味はずたずたに引き裂かれた。先のことは傷を癒《いや》し、身体を休めてからのことだ。

清雅が入り口の板戸を開けた。

腰高障子を開け、狭い土間に外の淡い白みを入れた。

「さあ、中へ……」

言いかけた清雅が言葉を失った。

あがり端に腰かけた誰ぞの紺足袋と雪駄を、差しこんだ白みが照らしたからだ。

「待ったぜ」

暗がりの中で、男の声が言った。

「おめえは清雅だな。そこにいるのが蟬丸か。うれしいね。やっと会えた」

みな声を失った。

顔を引きつらせ、だら、だらっ、と後退《あとずさ》った。

かけていた男が腰をあげ、白みへ姿を現した。

黒羽織を翻し、朱房の付いた十手を、帯の後ろからさっと抜いた。

「北の御番所のご用だ。蟬丸、ありがたく観念しろ」

渋井は八文字眉をひそめ、妙に凄みのある睨みをきかせた。

「わ、わりゃあ……」

清雅が黄ばんだ歯を剝き出した。

「なんだ」

渋井は清雅へ、じろりと鬼しぶの不景気面を流した。

清雅が怯んだ。

「やれ、斬り刻んで、やれ」

蟬丸が痛みを堪えて喚いた。

腰の神刀に手をかけた清雅の額を、渋井の十手が見舞った。

清雅は叫んで引っくりかえった。

渋井は十手をかえし、蟬丸の頰を痛打した。

くああっ。

蟬丸は鳥の鳴き声のような悲鳴をあげた。
そのとき、路地の木戸から捕り方がなだれこんできた。
助弥が真っ先に飛びこんでくる。
ご用だ、ご用だ、ご用だ……の声と地響きが細い路地に充満した。
一味は蟬丸を放り出し、転んだ清雅に目もくれず、路地の奥へ走った。
路地奥の板塀をわれ先に乗り越えようと争った。
逃げ遅れた二人が塀の下で取り押さえられた。
塀を乗り越えると隣は商家の庭で、そこにも捕り方が待ち構えていた。
「かかれ」
突棒《つくぼう》や刺股《さすまた》などの道具を手に、塀を乗り越えた三人へ捕り方がどっと襲いかかった。

終章　旅立ち

一

四月の末のある午前、神谷町西の臺にある仙石家上屋敷の御広間に、市兵衛は着慣れぬ裃《かみしも》に正装して着座していた。

裃は兄信正が、「おれが拵《こしら》えてやる」と、急ぎ日本橋の呉服問屋に作らせた上等の藍無地の紬《つむぎ》だった。

片岡の家紋を付けよと信正が言ったが、それはいくらなんでも、と市兵衛は遠慮し、無紋にした。

御広間は南向きに縁と枯山水《かれさんすい》の庭があり、白壁の土塀に囲われていた。

御広間の上座、老松を描いた鏡板が囲む上段には錦の脇息が置かれているばかりで、人の姿はなかった。

この年、仙石家当主直通は国元出石である。

上段の左右に裃姿の江戸藩邸の重役が居並び、とき折り、咳払いが聞こえた。

その重役らの末席に、傷がだいぶ癒えた浅野慶一郎が畏《かしこ》まっていた。

ちち、とめじろか何かの鳥が後ろの庭で鳴いていた。

やがて浅野久右衛門が現れ、一同は礼をした。

久右衛門は下座に控える市兵衛に一瞥を寄越し、上段の傍らへ着座した。

「お成りでございます」

奥付き御年寄の声がかかり、すぐに脇の戸が開かれ、みな畳に手を突いた。

しゅ、しゅ、と衣擦れの音が聞こえた。

「面をあげられませ」

一同は直るが、むろん市兵衛は上段を真っ直ぐ見る無礼は取らない。

それでも上段に着座したお方の、立浪に鴛鴦《おしどり》模様の小袖と紫地山繭縮緬《やままゆちりめん》の襲《かさね》の色柄が、市兵衛の視界の中にはあった。

「浅野どの」

と、御年寄が言った。

「それではご一同に申しあげる」

久右衛門が張りのある声を響かせ、懐から書き付けを取り出した。

「このたび、安寿姫さまと九鬼家孝利どのの御婚儀を執《と》り行なう日取りが決まり申したゆえ、ご報告いたす。日取りは来春二月……」

久右衛門は、婚儀にともなう九鬼家よりの結納の使者到着の予定日、婚儀の前と後に行なわれる家中の祝い事の日程、それらの準備のための家臣の配属、公儀へのご報告の使者の人選、また仙石家と九鬼家との重役同士の会談なども予定されており、これからの式目についてなど、縷々《るる》読みあげていった。

「安寿姫さまご婚儀についての諸々のご予定は以上の定めになりましたゆえ、ご一同、よろしくお願いいたす」

久右衛門が一同を見廻して言い、一同は「ははあ」と頭を垂れた。

「よって、安寿姫さまは国元へお戻りなされ、国元におかれて来春のご婚儀のお支度をなさることに相決まり申した。ご出立は三日後の五月朔日。ご一同、さようお心得あるように」

一同がまた「ははあ」と頭を垂れる。

そこで久右衛門は咳払いをひとつした。そして、

「今ひとつ、ご一同にお知らせいたすことがござる」

と、言って市兵衛へ向いた。

「そちらに控えておるかの者は、唐木市兵衛と申される」

一同はある程度の話を聞かされて承知しているのであろう、市兵衛を見てゆるやかに頷いたり、まじまじと見つめたりした。

「唐木市兵衛は、一同もご存じのわが藩に降りかかったこのたびの苦境にあって、働き一方ならず、ある意味ではわが仙石家を救ってくれた恩人でもある。剣の腕、胆力はもとより、人品骨柄、見識の深さにおいても申しぶんなき人物でござる」

よって――と久右衛門は語調を強めた。

「このたび国元の御殿《おんとの》の内諾を得て、唐木市兵衛を仙石家側用人役として禄高三百石にて召し抱えることに決まり申した」

重役らは、おお、と声をもらした。

慶一郎が目を輝かせていた。

この時代、一介の浪人を三百石で召し抱えるとは、破格の待遇である。

「唐木どの」

と、久右衛門が四方山話でもするように、穏やかな口振りになった。

「いろいろと考えるところもあるであろうが、是非、わが仙石家に仕え、そこもとの力を貸してほしい。これは、安寿姫さまのたってのお望みであり、それがしも御殿に強く推挙申しあげた」

　市兵衛は前方へ目を落とし、上段の安寿姫の姿を視界の片隅で捉えていた。

　もう仙石家ご息女安寿姫さま、というだけではない。次期仙石家ご当主の奥方さまになられるのだ。これまでとは違う。奥向き支配役の御年寄が付き従っている。

　もう武蔵野の野を駆ける姫さまはいないのである。

　干し芋をかじって甘いと言い、市兵衛の胸にすがり震えていた姫さまはもう消えたのである。

　市兵衛は考えていた。

　浅野慶一郎からこの申し出を内々に受けたときより、考え続けていた。

「唐木どの、国元の御殿も、安寿姫さまを守ってくれたそこもとに是非会って礼を申したいと、仰っておられる。そこもとが公儀旗本の血筋を引かれ、ゆえあって浪々の身に自らを置かれた事情は申しわけないが調べさせていただいた。お目付役片岡信正どのにもお会いいたした」

　市兵衛は動かなかった。

意外な。兄信正はひと言もそれを言わなかった。だからこの袢か。

重役らのひそひそと交わす声が聞こえた。

「野にあって風のように、何物にも縛られず孤高に生きるのも雄々しいが、小藩とはいえ宮仕えに身を置き、己の力をつくし、国のため、そしてそこに生きる民のために働くのも、男子の本懐ではござらんか」

上手《うま》いことを言う。市兵衛は思わず胸が熱くなった。

ちち、と庭で鳥がさえずった。

「市兵衛」

と、上段の安寿姫が懐かしい澄んだ声で市兵衛を呼んだ。

「はい」

市兵衛は、はっきりと声を姫にかえした。

沈黙が流れた。

重役らは姫さまのお声がかかるのかと思っていたのが、姫さまがそれから何も言わぬので妙な顔を交わした。

市兵衛は畳に手を突き、何も仰いますな、と思った。

「市兵衛……」

姫がまた言った。

「はい」

姫がやはり何も言わず、何かを飲みこんだ。

姫の若い胸がはずんでいた。

重役らが少しそわそわした。

久右衛門はそのとき姫が、言葉を飲みこんだのがわかった。

久右衛門は頭を垂れた市兵衛に視線を投げた。

これほどの者だ。男も惚れる。ましてや姫さまなら……

久右衛門はそんな思いに耽《ふけ》りながら、白髪交じりの頭をゆっくりと振った。


仙石家のこのたびのお家騒動は、むろん、公儀の知るところとなった。

目付より若年寄、そして御老中へ上申があった。

後日、支配役大目付より仙石家へ、家中に起こった家臣同士の私闘について、

「家中取り締り遺漏なきように。再びこのような不祥事が起こったときは、ご公儀よりのお咎めがあるものとご承知あるように」

との厳重注意がくだった。

けれども公儀よりの御沙汰は、それだけであった。

家臣同士の私闘という表向きとはいえ、これだけの一件が厳重注意で済んだのには、隠密の取り調べに当たった目付役より仙石家へ何らかの配慮が働いたらしいという評判が、諸侯留守居役らの間で立った。

そのお目付役は誰だ、と噂にもなった。

諸侯は儀式典礼を監査する大目付よりも、国の実情を冷徹に調べあげる権限を持つ目付の方を、じつは恐れていた。

一方、仙石家江戸家老大泉義正は当主直通の逆鱗に触れ、江戸家老職の役目を解かれた。

大泉義正が至急国元へ呼び戻されたとき、大泉家改易、また大泉義正切腹の噂も流れたけれども、義正切腹のご沙汰はなく、ただ大泉家は八百石の家禄が百石になり、代々続いた家老職の家柄でもなくなった。

さらに正室徳の方は、病療養を名目に上屋敷より宮益坂の下屋敷へ移られ、ご剃髪《ていはつ》になり、わずかなお付きとともに屋敷内の離れに蟄居《ちっきょ》の身となった。

家中に、そのほかの処罰らしい処罰をくだされた者はいなかった。

異例の軽い処置であった。

これは安寿姫より父親の当主直通へ、「なにとぞ寛大なご処置を」という切なる懇《こん》願《がん》があったためと、これも家士らの間で噂になった。

いずれにしても、そのような形でこの一件が落着したのは夏が終わり秋がくるころである。

ただあの一件があった月の下旬、仙石家より荏原郡等々力村へ二組の使者が立っていた。

ひと組は満願寺の智栄法師、ならびに小坊主覚念へ礼を述べる、藩よりの正式の使者であったが、今ひと組は、組というより中間の左平がひとりだった。

左平は、等々力村を流れる谷沢川の渓谷に住む百姓の娘美代を訪ねて、安寿姫さまよりこのたびの美代の働きへの感謝の徴《しるし》に、一家が魂《たま》消《げ》るほどの褒美の品と金子《きんす》を届けた。

さらに左平は、等々力村よりの戻り、渋谷川の川漁師権爺の小屋へ廻り、安寿姫さまの命を助けられた礼を述べ、呆然として口も利けない権爺にも十分な褒美を届けたことは言うまでもない。

二

市兵衛が仙石家上屋敷を訪れた翌日の夕刻、深川は油堀川沿い堀川町の堀端にある縄暖簾《喜楽亭》で、八丁堀同心渋井鬼三次と手先の助弥、柳《やなぎ》町の町医師柳井宗秀《やないそうしゅう》の三人が、醬油樽に渡した長板の卓へ着いて冷酒を酌み交わしていた。

魚油やどことなくどぶ臭いにおいが漂う、深川に似合った店だった。

夕日が燃えつき、腰高障子に記した喜楽亭の筆文字が夜の帳《とばり》に溶けかかっていた。

長板の卓がもう一台隣にあって、客が十二、三人も入れば樽の腰かけもなくなる狭い店を、前垂れを着けた白髪頭の親爺がひとりで営んでいる。

渋井は少し荒れ気味で、冷酒の盃《さかずき》を呷《あお》るたびにぽたぽたと雫《しずく》を卓上にも白衣の胸元にもこぼした。

「ああ、ああ、旦那、こぼれてやすぜ」

助弥が気にして渋井の着物を手拭で拭ったりした。

宗秀は渋井の荒れ模様を、けらけらと笑って相手にしている。

代わり映えしないいつもの煮売りと炙《あぶ》った目刺《めざし》、しゃきしゃきした歯応えの浅草海《あさくさの》苔《り》に夏葱《ねぎ》の酢味噌が肴《さかな》である。

「おやじ、酒がねえぜ」

渋井が徳利を振った。

親爺が調理場からのそのそと新しい徳利を運んでくると、神谷町から渋井についてきた痩せ犬が、ご機嫌さんで、と愛想でも言うかのように不細工な犬面をぶら提げて出てくる。

痩せ犬は渋井について喜楽亭まできたが、親爺に食い物を与えられ、喜楽亭がまるで己の元々のねぐらみたいに、それ以来、ここに居着いたのである。

親爺も昔から飼っていた犬みたいに、別段可愛がるでもなくないがしろにするでもなく、以来、痩せ犬との生活を淡々と始めたのだった。

「冴えねえおやじに不細工な柴犬が、似合ってるぜ」

と、渋井が戯《たわむ》れに言っても、親爺は「はは……」と笑い飛ばし、痩せ犬は、わん、とひと声照れて吠えるのみだった。

「なあおやじ、市兵衛が仕官だってよ。それも三百石と言やあ大身じゃねえか。あの野郎、勝手な真似しやがって、おれあ、許せねえ。おやじもそう思うだろう」

渋井が、盃を舐めながら言った。

「ああ、気持ちのええ侍だったで、寂しくなるなあ」

珍しく親爺がそんなことを言い、渋井の盃に酌をした。

痩せ犬が、渋井の足元をくんくんと嗅いでいた。

「おめえにも、おれの気持ちがわかるってか」

渋井は痩せ犬の頭を撫でた。

痩せ犬が、くうん、と応えた。

「けど、大《てえ》したもんだ。偉えご身分になっても、江戸勤めのときは喜楽亭へ呑みにきてもらいてえな」

「くるもんか、こんなしょぼくれた店によ。お殿さまのお忍びのお供で、どうせ日本橋あたりの一流料亭で呑むのさ」

渋井はしょげて言う。

「は、は、は……鬼しぶの旦那。よいではないか。われらの仲間の市兵衛が出世したのだ。何と喜ばしい。あの男は、誰にも媚《こ》びず、求めもせず、ただ己の技量をつくして生きることのみに誠実であった。それが認められたのだ」

宗秀が渋井へ盃をあげた。

「そうですよ、旦那」

と、助弥が同調した。

「これからは仙石家の偉えお侍が呑み仲間なんだぜって、人に自慢ができやすよ。市兵衛さんのご出世を祝って、今夜はぱあっと呑みやしょう」

「おお、そうだ呑もう。おやじもどうだ」

宗秀が言い、親爺が「一杯え、付き合うべえ」と笑った。

それから四人と一匹の、賑やかな酒宴になった。

「それにしてもよう、おらんだの先生、市兵衛みたいな風任せに生きてきた男が堅苦しいお城勤めが勤まるのかね。おれあ、心配だぜ」

柳井宗秀は長崎で西洋医学を学んだ蘭医である。

「腹を立てたりすねたり心配したり、鬼しぶも忙しいな」

宗秀がからかい、助弥と親爺が馬鹿笑いした。

「真に、風の市兵衛がお城勤めの市兵衛になるのは、めでたいがちいと言いにくい。しかし市兵衛なら上手くやるさ。あの風に誘われて、みながあいつの周りに集まるだろう」

「嫁っ子も、もらうべえな」

親爺が言った。

「ああ、もらうだろう。女房を持って子供を作って、あの男ならいい父親になる」

「気持ちのいい風だったぜ」

渋井がしみじみと言った。

本所横川町の時の鐘が、遠くで六ツを報せていた。

と、そこへ表の腰高障子が、かたかたと開いた。

客が顔をのぞかせた。

四人が盃の手を止め、ぽかんと、新しい客に見惚れた。

「おや、みなさんお揃いで」

痩せ犬が、お帰りなさいまし、と迎えるみたいに客の足元へ近寄っていった。

「面白い顔をした柴犬だな。新しく雇われたのかい」

市兵衛はそう言って、夏の宵に相応《ふさわ》しい涼しげな笑みを四人へ投げかけた。


五月朔日、早朝の東海道品川宿を、仙石家の行列が露払いに挟箱持ち槍持ち、御徒士、長櫃《ながびつ》持ちや薙刀《なぎなた》持ちの中間に撥鬢鎌髭《ばちびんかまひげ》のやっこらを従え、しずしずと通っていった。

行列の中ほどに紅網代の安寿姫の乗物があり、駕籠の周りの女中が乗物の傍らを歩み、行列の道中奉行は馬に跨る塗笠も凜々しい浅野慶一郎だった。

色褪せた紺の単衣に小倉袴の市兵衛と黒羽織の弥陀ノ介が、その行列からずっと遅れて、袖《そで》ケ浦《うら》の海辺道をゆらりゆらりと歩んでいた。

日はまだ東の海からのぼって間もなく、早い朝の海風が心地よかった。

海鳥が穏やかな波間を餌を求めて飛び交い、はるか沖には白帆が浮かんでいた。

旅姿の通りかかりが、二人を追い越してゆく。

御殿山《ごてん》に繁茂する木々が、品川宿の空にくっきりとした緑の光景を描いていた。

その品川宿の二階家が続く軒先に、行列が掲げる長槍や薙刀が見え隠れしながらだんだん遠くなっていた。

「お側用人の三百石か。もったいないのぅ」

弥陀ノ介が、五尺少々の石の塊みたいな体軀に袴を引きずって言った。

腰に帯びた刀が物干し竿のように長く見える。

「お側用人の筆頭にでも出世すれば、石高はもっと増えるだろうに」

もったいないのぅ――と、溜息交じりにどこかしら愉快げな口振りで繰りかえした。

「お頭も、ちょっと肩を落としておられたぞ」

「兄上に裃を拵えてもらったが、もう着ることはないな」

市兵衛は気楽に言って、笑った。

「不肖《ふしょう》の弟め。気ばかりもませおって、お頭も休まらんな」

「兄上には申しわけないと思っているよ」

市兵衛は江戸の海を眺めた。

一面の濃い青色が目を慰め、潮の香がほのかに匂った。

「臣下として主に仕えるのはおれの性に合わん。己の甲斐《かい》性で生きる渡り勤めがおれには合っているのだ」

「そうかもな。風がどこへ吹くのか誰も知らぬ。ただ気ままに、吹きすぎていくだけなのだな」

弥陀ノ介が笑った。

市兵衛は足を止めた。

「弥陀ノ介、お天道さまを拝もうではないか」

「うん、お天道さまを？　なんぞ信心でも始めたか」

弥陀ノ介は眉をひそめて、まぶしい朝の空を見あげた。

「この世界を見よ。天と地があり、日はのぼり、日は沈む。一体誰がこのゆるぎない仕組を拵えたのだ。おれはこの世の森羅万象《しんらばんしょう》に感謝を捧げたい。ただそれだけだ。おぬしも付き合え」

市兵衛はそう言って、茫然と海辺に立ちつくした。

ふうん、と弥陀ノ介が市兵衛に倣《なら》った。

ゆるやかな海風が、二人の男を包んだ。

解　説――信念のある生き方に、読者は魅《ひ》かれる

（文芸評論家）菊池《きくち》仁《めぐみ》

うまい。実にうまい設定である。

時代小説を出版点数で見ると、〃文庫書下ろしの時代〃と言ってもいいほど、圧倒的な点数となっている。なかでもその大半がシリーズ化されているところに特徴がある。これは安定的な需要を狙《ねら》う出版社のマーケッティング政策からきているわけだが、読者側にとっても好みの世界を長く楽しめるというメリットがある。現に祥伝社文庫でも佐伯泰英《さえきやすひで》「密命」や鳥羽亮《とばりょう》「介錯人・野晒唐十郎」、小杉健治《こすぎけんじ》「風烈廻り与力・青柳剣一郎」といったシリーズは、高い人気を誇っている。

こういった傾向に刺激されて、ベテラン中堅作家の掘り起こしや、新人の発掘によって、新たなシリーズものをもくろむ出版社が増え、一大激戦区となりつつある。

ではこれを読者側から見たらどうなるのであろう。つまり、読者は店頭に並んだ文庫の中から、何に触発されて買うのか、ということである。選択肢はいくつかあると思うが、購買動機につながるものとして、最も重視されるべきは主人公の〃職業〃と

いうのが、筆者の持論である。

時代小説は〝職業小説〟としての側面をもっている。例えば、江戸時代だけにかぎっても、現代人の生活感覚では理解できない珍しい役職や職制が存在したし、現在まで連綿《れんめん》と続く職人の技の源流を見出すこともできる。要するに〝職業〟は時代を映す鏡であり、主人公が生きる時代背景を最もストレートに語ってくれる。だからこそそのユニークさに着目することで、独自の小説空間の創出が可能となる。読者にとって〝職業〟は時代を覗《のぞ》く窓であり、その奥には万華鏡《まんげきょう》のような人間ドラマが展開されているであろうという期待感で手に取るのである。

本シリーズの主人公の〝渡り用人〟は、前掲の条件を充分満たしている。「うまい設定」と評したのはそのためである。〝用人〟とは事務会計の担当者で、譜代の家が務めることもあるが、江戸末期になると旗本や小藩は財政危機に陥《おちい》り、用人を雇えなくなる。そこに臨時で雇われたのが〝渡り用人〟である。商売も同様である。

この〝渡り用人〟を主人公としたシリーズものとしては、藤原緋沙子《ふじわらひさこ》「渡り用人片桐弦一郎控」（二〇〇六年）が先行作品としてある。藤原緋沙子の時代感覚の鋭さをうかがわせるものだが、本シリーズの作者である辻堂魁《つじどうかい》は、主人公・唐木市兵衛《からきいちべえ》の人物造形に独特の味つけをすることで特徴を出している。

それは市兵衛の次のセリフに体現されている。

《「算盤《そろばん》を学ぶことも米作りも、商家や農家の経営、また領地の経営になくてはならないものです。商人《あきんど》は商いをし、農家は米作りをいたします。侍は領地、知行地を経営するのが務めです。侍が商人や農民の上に立つ身分の者であるなら、算盤や米作りを身につけるのも侍のたしなみであって、よろしいかと考えました」

（第一巻『風の市兵衛』より）》

《「渡りとは、己の技を必要とする雇い主に己の技を売る生業《なりわい》です。それは武家の主従の契《ちぎ》りではなく、物を売り買いする約束事、商いの契りに根ざしております。武家は身分が契りを請け合いますが、身分のない者の商いは、売り買いの約束事を必ず請け合う志《こころざし》がなければ商いが成り立たないのです」

（本書より）》

この二つのセリフに市兵衛の武家に対する哲学や、算盤の重要さ、〝渡り用人〟としての生き方が凝縮された表現となっている。それはそのまま市兵衛の豊かな人間性を示している。偉人や達人のように世間の耳目を集める人物ではないし、〃渡り〃という武家政治の末期が生んだ落とし子ではあるが〃算盤侍〃、現在で言う財政スペシャリストとしての信念のある生き方に読者は魅《ひ》かれるのである。

もう一点、注目すべきことがある。それは〃渡り用人〃という職業のもつ特殊性である。つまり、この用人の眼を通して、武家社会、商売、農村、市井といった各階層の暮らしと、そこに起こるドラマが覗けるのである。これほどシリーズ化に即した職業もないと言えよう。

さらに四巻目にあたる本書まで読み進めてくると、作者の意図するところが見えてくる。例えば第一巻『風の市兵衛』では、当主が相対死《あいたいじに》し窮地に立たされた旗本の財政建て直しが舞台なのだが、作者は家督を継いだ八歳の息子との交情に力点を置いた描きかたをしている。

第二巻『雷神』では老舗《しにせ》の商家を舞台としている。圧巻は古武士のような気概で商売に打ち込む主人と、その人間性に共鳴した市兵衛との濃密な時間を描いたところにある。

第三巻『帰り船』は危機に瀕した醬油酢問屋を舞台として、本シリーズの主要人物である公儀十人目付筆頭を務める異母兄・片岡信正《かたおかのぶまさ》や、その部下で小人目付の返弥《かえりみ》陀《だ》ノ介《すけ》とのチームワークの核となるエピソードが語られている。

つまり、作者は逆境の少年との交情、自らの哲学に殉《じゅん》じた商人、チームワークの核となる絆を順次描くことで、市兵衛の人物造形に深味を加えてきたのである。ここにシリーズものの面白さがある。

そこで第四巻の本書の出番となる。第一の注目点は雇い主の依頼の内容にある。

《「どのような務めであれ、己《おのれ》の果たすべき役目を曇りなく果たす心構えをお持ちの方、己の節操に忠実な方、というほどの意向です」》

これが請け人宿《宰領屋《さいりよう》》主人矢藤太《やとうた》への依頼の内容である。依頼主も「無理な望み」と言ってるくらいだから、依頼の背景に何があるのか知りたくなる。要するに第三巻までに培ってきた市兵衛の人間性を前提としての依頼であり、作者の用意周到さに舌を巻く。

本シリーズの熱心な読者はお気付きのように、作者は巻頭に必ず〝序〟を設け、事件の発端を描いている。心憎い構成で当然、本書でもこの奇妙な依頼とリンクする襲撃事件で幕を開ける。申し分のない導入部と言える。

第二の注目点はお家騒動で揺れる但馬出石《たじまいずし》藩仙石《せんごく》家の安寿《あんじゅ》姫の護衛が物語の主筋となっているところにある。姫と浪人者という構図は時代小説の黄金時代を築いた柴田《しばた》錬三郎《れんざぶろう》が得意としてきた。柴錬の場合は貴種《きしゅ》流離《りゅうり》譚をベースとして、逆境にある二人が魅かれあって結ばれるまでの波瀾万丈に富んだ物語が眼目となっていたが、作者は二人の関係に市兵衛の〝渡り用人〟としてのスタンスを楔《くさび》として打ち込んでいる。例えば、安寿姫の人物造形は純粋無垢《むく》な乙女で、性格はじゃじゃ馬という設定。その姫の扱いに手を焼く市兵衛との交情がなんとも微笑《ほほえ》ましい。やさしく見守りながらも、要所要所で姫を教え諭《さと》すところが市兵衛のスタンスである。

第三の注目点は敵役である別所龍玄《べっしょりゅうげん》の描き方である。第一章「生業《なりわい》」に次のような描写が出てくる。

《今ひとり、代々山田朝右衛門《やまだあさえもん》を名乗る試し物を生業《なりわい》とする浪人が世間では知られていたが、別所は山田よりも凄腕、と両者を知る牢屋敷の同心らは評《ここ》した。

別所は冬の心を持った男だ。あいつがすぱっとやると血も凍えて出ない。

戯《たわむ》れにそう言う同心もいた。

別所龍玄の、それが生業だった。》

この別所の人物造形に作者は工夫を凝らした。それがクライマックスである市兵衛の〝風の剣〟との決闘場面で昇華の刻を迎える。陰と陽が交叉し、生と死が境目をなくし、そこに澄んだ旋律が奏でられる。剣の立合とは生きざまのぶつかりあいであることをあらためて教えてくれるもので、五味康祐《ごみやすすけ》、柴田錬三郎、伊藤桂一《いとうけいいち》、藤沢周平《ふじさわしゅうへい》の秀逸な決闘場面と肩を並べる出来映えとなっている。作者の力量をあますところなく伝える名場面である。

第四の注目点はセリフのうまさである。

《「野にあって風のように、何物にも縛られず孤高に生きるのも雄々しいが、小藩とは言え宮仕えに身を置き、己の力をつくし、国のため、そしてそこに生きる民のために働くのも、男子の本懐ではござらんか」》

これは市兵衛を仕官させようとするための口説き文句だが泣き所を突いた極上のセリフである。本書にかぎらず第一巻から随所にちりばめられた光沢のあるセリフが作者の持ち味となっている。

一巻ごとに新境地を拓《ひら》いていく市兵衛の次の〝渡り〟が何になるのか、楽しみは尽きない。

一〇〇字書評

切り取り線

月夜行

購買動機（新聞、雑誌名を記入するか、あるいは○をつけてください）

□（　　　　　　　　　　　　）の広告を見て	
□（　　　　　　　　　　　　）の書評を見て	
□ 知人のすすめで	□ タイトルに惹かれて
□ カバーが良かったから	□ 内容が面白そうだから
□ 好きな作家だから	□ 好きな分野の本だから

・最近、最も感銘を受けた作品名をお書き下さい

・あなたのお好きな作家名をお書き下さい

・その他、ご要望がありましたらお書き下さい

住所	〒				
氏名		職業		年齢	
Eメール	※携帯には配信できません	新刊情報等のメール配信を 希望する・しない			

この本の感想を、編集部までお寄せいただけたらありがたく存じます。今後の企画の参考にさせていただきます。Eメールでも結構です。

いただいた「一〇〇字書評」は、新聞・雑誌等に紹介させていただくことがあります。その場合はお礼として特製図書カードを差し上げます。

前ページの原稿用紙に書評をお書きの上、切り取り、左記までお送り下さい。宛先の住所は不要です。

なお、ご記入いただいたお名前、ご住所等は、書評紹介の事前了解、謝礼のお届けのためだけに利用し、そのほかの目的のために利用することはありません。

〒一〇一-八七〇一
祥伝社文庫編集長　坂口芳和
電話　〇三（三二六五）二〇八〇

祥伝社ホームページの「ブックレビュー」からも、書き込めます。
http://www.shodensha.co.jp/bookreview/

祥伝社文庫

月夜行《つきよこう》 風《かぜ》の市兵衛《いちべえ》

平成23年2月15日　初版第1刷発行
平成30年9月5日　第20刷発行

著者　辻堂魁《つじどうかい》

発行者　辻　浩明

発行所　祥伝社《しょうでんしゃ》
東京都千代田区神田神保町3-3
〒101-8701
電話　03（3265）2081（販売部）
電話　03（3265）2080（編集部）
電話　03（3265）3622（業務部）
http://www.shodensha.co.jp/

印刷所　萩原印刷
製本所　ナショナル製本
カバーフォーマットデザイン　中原達治

Printed in Japan ©2011, Kai Tsujidou ISBN978-4-396-33645-5 C0193

祥伝社文庫の好評既刊

辻堂　魁　遠雷　風の市兵衛⑬

市兵衛への依頼は攫《さら》われた元京都町奉行の倅《せがれ》の奪還。その母親こそ初恋の相手、お吹《すい》だったことから……。

辻堂　魁　科野秘帖《しなのひちょう》　風の市兵衛⑭

「父の仇を討つ助っ人を」との依頼。だが当の宗秀は仁《じん》の町医者。何と信濃《しなの》を揺るがした大事件が絡んでいた！

辻堂　魁　夕影《ゆうかげ》　風の市兵衛⑮

貸元の父を殺され、利権抗争に巻き込まれた三姉妹。彼女らが命を懸けてまで貫こうとしたものとは⁉

辻堂　魁　秋しぐれ　風の市兵衛⑯

元力士がひっそりと江戸に戻ってきた。一方、市兵衛は、御徒組旗本のお勝手建て直しを依頼されたが……。

辻堂　魁　うつけ者の値打ち　風の市兵衛⑰

藩を追われ、用心棒に成り下がった下級武士。愚直ゆえに過去の罪を一人で背負い込む姿を見て市兵衛は……。

辻堂　魁　待つ春や　風の市兵衛⑱

公儀御鳥見役《こうぎおとりみ》を斬殺したのは一体？　藩に捕らえられた依頼主の友を、市兵衛は救えるのか？　圧巻の剣戟!!

祥伝社文庫の好評既刊

辻堂 魁　冬の風鈴　日暮し同心始末帖③

佃島《つくだじま》の海に男の骸《むくろ》が。無宿人《むしゆくにん》と見られたが、成り変わりと判明。その仏には奇妙な押し込み事件との関連が……。

辻堂 魁　天地の螢　日暮し同心始末帖④

連続人斬りと夜鷹の関係を悟った龍平。悲しみと憎しみに包まれたその真相に愕然とし――剛剣《ごうけん》唸る痛快時代！

辻堂 魁　逃れ道　日暮し同心始末帖⑤

評判の絵師とその妻を突然襲った悪夢とは――シリーズ最高の迫力で、日暮龍平が地獄の使いをなぎ倒す！

辻堂 魁　縁切り坂　日暮し同心始末帖⑥

比丘尼女郎が首の骨を折られ殺された。同居していた妹が行方不明と分かるや龍平は彼女の命を守るため剣を抜く！

辻堂 魁　父子《おやこ》の峠　日暮し同心始末帖⑦

年寄りばかりを狙った騙りの夫婦を捕縛した日暮龍平。それを知った騙りの父が龍平の息子を拐かした！

山本一力　大川わたり

「二十両をけえし終わるまでは、大川を渡るんじゃねえ……」――博徒親分と約束した銀次。ところが……。